Elisabeth Kühhirt-Hildebrandt

Im SOMMERWINDwehen

„Und wieder das sanfte warme Sommerwind-wehen-Gefühl, das meiner Seele wohl tut." schreibt Dora in ihr Tagebuch. Wenige Tage nur dauern diese Ferien, bleiben dem Wehen zum Wachsen. Ein kräftiger Wind spielt nun über den Stoppelfeldern, bietet kräftigen Widerstand den Radlern, lässt Röcke flattern, zerzaust die Frisur. Mit geröteten Wangen erscheinen sie zu eiligen Mahlzeiten mit der Großmutter, genießen jede Minute der verbleibenden Tage.

Von einer ersten Liebe und anderen wichtigen Begegnungen im Leben handeln die Geschichten dieses Erzählbandes, die den Leser nach Paris, nach Afrika und in die Welt des Orients, aber auch in ein Altenheim im Dorf „nebenan" führen.

Elisabeth Kühhirt-Hildebrandt,
in einer großen Familie in einem norddeutschen Pfarrhaus aufgewachsen, ist verheiratet und hat zwei erwachsene Söhne.
Als Diplom Pflegewirtin (FH) und Lehrerin für Pflegeberufe hat sie zu Pflegepraxis und Pflegedidaktik publiziert, u.a. zur "Literatur im Pflegeunterricht" (1987) und ein Theaterprojekt zum Festakt anlässlich des 100-jährigen Geburtstages der Schulgründerin der Krankenpflegeschule (1998).
In der Kindheit entstanden Geschichten, während der Ausbildungszeit Gedichte. Seit 2004 beschäftigt sie sich intensiv mit literarischem Schreiben. Seit 2014 leitet sie die Literaturwerkstatt der Mannheimer Abendakademie „Das Literarische Quadrat" und ist Mitglied – zeitweise im Vorstand - des Literarischen Zentrums Rhein-Neckar e.V. „Die Räuber'77".

Literarische Veröffentlichungen:
Prosa und Lyrik in diversen Anthologien,
Nominierung für den Mannheimer Heinrich-Vetter-Literatur-Preis 2009 (Lyrik) und 2010 (Prosa)
„Mein Blasheim - Geschichten von früher" Kölle Druck Preußisch- Oldendorf(2008)

Im SOMMERWINDwehen

Erzählungen

Elisabeth Kühhirt-Hildebrandt

Herstellung und Verlag:
BoD – Books on Demand, Norderstedt

ISBN   978-3-7347-5040-3

für

Martin und Wiltrud
Konrad und Wolfram und Ullrich

INHALT

DIE BEGEGNUNG

Fast wagt man es nicht, hinein zu gehen, in diesen Tempel der Kunst!
So hoch die Säulen, so gewaltig der Bau, so klein die Menschen, die sich verlieren in der Eingangshalle des „Metropolitan Museum" in New York. Nur einen winzigen Teil der Reichtümer können wir heute genießen, haben uns deshalb für die Bilder der Impressionisten entschieden.

Wie immer gehen wir getrennt.
Wir verabreden uns wie gewohnt, um uns später gegenseitig unsere Lieblingswerke zu zeigen.

Die Räume sind hoch, die Bilder dicht an dicht gehängt. Ich schlendere und lasse meine Augen wandern. Hin und wieder lassen sie sich nieder auf einem Bild, schlemmen in Farben und Formen, wandern weiter, kehren zurück, verweilen und ruhen aus. Bekannte Namen, bekannte Werke, staunende Begegnungen.

Gemeinsam mit mir schlendern viele Menschen an diesem Nieselregentag durch die Hallen, viele alleine, manche paarweise. Leise unterhalten sie sich in unterschiedlichen Sprachen, machen sich mit kleinen und großen Gesten aufmerksam auf Details, freuen sich.

Das Schauen in den schlecht belüfteten Räumen macht müde. Ich lasse mich auf einer der breiten Ruhebänke nieder.
Von meinem Platz aus kann ich in mehrere Räume hineinsehen und habe eine reiche Auswahl besonderer Kunstwerke um mich herum.

Eigentlich kann ich die Fülle gar nicht verkraften! Ich bin müde, meine Füße schmerzen.
Gerne würde ich die Zeit für den Rundgang verkürzen, eine Kaffeepause einlegen.
Unentschlossen mache ich mich wieder auf den Weg.

Die Räume und Rahmen der Bilder werden kleiner, viele Nischen, immer wieder entdecke ich ein Wunderwerk hinter einer Trennwand.

Verschwunden meine Müdigkeit.
Ich spiele „suchen und finden", lasse mich überraschen bei jedem neuen Fund.

Ich erreiche Degas. Nicht, dass ich ihn besonders gesucht hätte. Doch wie verzaubert fühle ich mich plötzlich von den hin gehauchten Kreideskizzen, die den Tanz in allen Facetten festhalten: die Bewegungen des Körpers, der Beine, der Füße, der Hände, das Fliegen der Hüllen, die wie aus Nebel gewebt. Dazu die Gesichter: gezeichnet von der Hingabe an die Musik.

Und plötzlich steht sie vor mir, die kleine schwarze Figur im rosa Tutu auf dem hohen Podest!

Die Beine gekreuzt, die Hände auf dem Rücken verschränkt, den Kopf leicht nach vorne geneigt steht sie dort, so, als hätte sie schon lange auf mich gewartet und freue sich nun, mich hier begrüßen zu dürfen. „Es wird Zeit, dass du kommst. Mein Auftritt beginnt. Und du darfst nicht fehlen, denn ich tanze, nur für dich." scheint sie zu sagen.

Ich weiß: Gleich wirst du dich auf deine Zehenspitzen erheben, ganz leicht wird die Bewegung sein, wenn du dich loslöst vom Boden, dich streckst, die Arme zur Seite nimmst, dich von den Fingerspitzen in die Höhe ziehen lässt, den Kopf in den Nacken legst, zu schweben beginnst, fliegst, elfengleich!

Und dann wird die Musik einsetzen, und ein Traum wird in Erfüllung gehen. Leicht wie eine Feder wirst du vor mir her schweben. Ich werde dich mit meinem Atem bewegen. Du wirst mir folgen, wenn ich dir die Sprache der Musik zuflüstere. Leise werden wir sie summen, nicht hörbar für andere.

Und langsam wird meine Verwandlung beginnen. Auch ich werde mich auf die Zehenspitzen erheben, ganz leicht wird die Bewegung sein, wenn ich mich löse vom Boden, mich strecke, die Arme zur Seite nehme, mich von den Fingerspitzen in die Höhe ziehen lasse, zu schweben beginne, fliege!

Aber ich fliege nicht! Ich schwebe nicht!
Meine Füße lösen sich nicht vom Boden.
Meine Fingerspitzen ziehen vergeblich.
Ihre Kraft reicht nicht aus.
Der Kopf fällt auf die Brust,
die Arme sinken herunter,
die Beine ziehen meinen Körper auf die Erde.

Dort bleibe ich liegen, unendlicher traurig.

Als ich nun dich, meine Tänzerin, anschaue, sehe ich, dass du aufgehört hast zu tanzen. Du stehst da, die Beine gekreuzt, die Arme auf dem Rücken verschränkt, den Kopf leicht nach vorne geneigt. Aus deinen Augen ist das Leuchten verschwunden, kummervoll siehst du zu mir herab. Nur dein Nebelkleid schwebt um dich herum, dein Zopf scheint zu hüpfen.

„Hier bist Du. Ich habe dich gesucht. Magst du mit mir einen Kaffee trinken?" höre ich Friedrichs Stimme.

TANGO

Traurig und alleine saß sie damals auf der Bank am Rand der Tanzfläche. Zwei Wochen hatte sie gefehlt und konnte am Fest in der Mitte des Kurses nicht teilnehmen, weil sie ins Landschulheim fuhren. Dem Jungen, der sie einladen wollte und der ihr sehr gut gefiel, musste sie absagen. Zwei Wochen lang fiel das Tanzen aus, das sie sich so sehr gewünscht hatte und das die Eltern endlich erlaubten. Sogar der Großvater hatte sich dafür eingesetzt, obwohl er Tanzen eigentlich für eine Erfindung des Satans hielt, Menschen zur Sünde zu verführen. Heute sei es aber wohl wichtig für gesellschaftliches Auftreten, meinte er.
Sie hatte sich gefreut auf die Bewegung im Takt der Musik, auf die fliegenden Kleider beim Walzer, auf die fröhliche Ausgelassenheit beim Boogie. Sie konnte nicht verstehen, was daran sündig sein sollte.

Da saß sie also auf der Bank. Die Mädchen waren in der Überzahl, die Jungen hatten ihre neuen Freundinnen aufgesucht. Ihr Verehrer hatte eine andere gefunden. Sie lachten mit einander auf der Tanzfläche.
Da forderte der Lehrer sie auf, eindeutig sie, die auf der Bank, die zwei Wochen gefehlt hatte.
„Kein Vorzeigeobjekt!" fand sie.
Zitternd verließ sie ihren sicheren Sitz, begab sich an seine Seite, wurde zur Tanzfläche geführt.

„Ich kann das doch gar nicht! Habe gefehlt in den letzten Stunden. Keine Ahnung, wie man den Tango tanzt!"
Verzweifelt flüsterte sie es ihm zu.
„Still!" sein herrischer Befehl. „Ich weiß. Niemand wird es merken. Verlass Dich auf mich!"
Nie zuvor wurde ihr so eindeutig ein „Nichtkönnen" untersagt. Die Musik setzte ein. Sie verließ sich auf ihn.

Konzentriert folgte sie seinen wortlosen Befehlen, sorgsam darauf bedacht, seinen Füßen nicht im Weg zu sein. Er hielt sie mit festem Griff. Sie konnte nicht anders, sie musste sich fügen.
Und tat es gerne. Denn plötzlich spürte sie den Rhythmus, die Führung der Melodie, die sie von Schritt zu Schritt leitete. Sie folgte und erlebte eine Freude am Tanzen, die sie so bisher nicht erlebt hatte. Die Hand des Lehrers, seine Haltung, seine geheimen Befehle ließen auch die schwierigen Figuren gelingen. Mit einer Leichtigkeit bewegte er sie durch den Raum, dass sie fliegen wollte, mit ausgebreiteten Armen. Er holte sie zurück, in seinen schützenden Bann.
Sie hörte ihn flüstern: „Gut machst Du das!"
Und dann gab er sie noch einmal frei. Wie ein Drachen im Wind fühlte sie sich von der Musik und dem Rhythmus getragen.
Und noch einmal holte er sie zurück: zum Abschied, zur Verbeugung, zum Knicks. Sie konnte es nicht hindern, das Lachen, das sie dem Tanz-

lehrer schenkte, zum Dank für den Tango, der sich ihr eingebrannt.

Jetzt – Jahre später, schon viele Monate allein - sehnte sie sich nach einer Umarmung, nach körperlicher Nähe, Bewegung im Rhythmus von Musik. Plötzlich sah sie sich auf der Bank im Saal der Tanzschule. Nie mehr hatte sie einen Tänzer gefunden, der sie so führte wie der Lehrer. Selten erlebte sie diese bedingungslose Harmonie, die ihr den Tango damals erschloss. Den Traum vom perfekten Einklang hatte sie verborgen wie einen Schatz.
„Tango ist in, auch für Singles in meinem Alter!" Der Gedanke ließ sie nicht mehr los. So buchte sie den Kurs.

Der Begleiter an ihrer Seite heute sieht blendend aus, tanzt gerne und gut – wie so viele Männer, die ihr im Leben begegneten. Er macht ihr Komplimente und scheint überzeugt von seiner Verführungskunst.
Er gefällt ihr. Mehr nicht.

Ein anderer fällt ihr auf. Ungelenk, im verbeulten Anzug mit einer altmodischen Krawatte, wirkt er grau, korrekt. Höflich hat er seine Partnerin auf die Tanzfläche gebeten, unsicher die ersten Schritte gewagt.
Er ist ihr aufgefallen. Sie weiß nicht warum.
Sie hat ihn bemerkt, ihm ein Lächeln geschenkt, das ihn verwirrt.

Unglücklich war auch er, in einem ungeliebten Leben voller Gehorsam und Pflichten. Den Traum von den eigenen Wünschen hatte er vergraben, vergessen das Versteck, den Tango-Kurs gebucht ohne zu wissen warum.

„Eine Dummheit, ein sinnloses Unterfangen" dachte er, die Fremde in seinem Arm, ihr Gewicht auf der Schulter, als ihn das Lächeln der anderen Frau zum ersten Mal streifte.

Müde betritt er die Schule zur nächsten Lektion. Der Kurs hat begonnen. Ein Paar tanzt alleine durch den Raum. Der Lehrer erklärt seine Stärken und Schwächen. Wie hölzern wirkt das Gleiten über die Fläche, wie Puppen auf der Spieluhr die beiden, mechanisch bewegt. Ein neues Paar soll sich stellen. Der Zuspätkommer wird ausgewählt. Für eine Dame muss er sich entscheiden, er, der bisher keine Partnerin fand. Hilflos schaut er sich um im Raum.

Da trifft ihn erneut ihr Blick, wie ein Sonnenstrahl durch die Linse gebündelt.

Nicht er hat sie ausgesucht! Sie hat ihn gefordert, mit ihren Augen, ihrer Haltung! Und er hat es bemerkt und erwidert. Niemand außer ihnen hat es gespürt.

Er führt sie zur Mitte.

Sie stellen sich auf, einander gegenüber, fühlen die Nähe, die Erwartung des anderen, die wachsende Spannung. Und nun hält er sie. Seine Hand liegt an ihrer Seite, ihre Hand berührt seine Schulter. In seine Linke legt sie ihre Rechte, federleicht. Vorsichtig wagen sie die ersten Schritte, beginnend er, folgend sie, wie für einander bestimmt, ab der ersten Bewegung.

Kein Auge haben sie mehr für die anderen heute, konzentriert auf die geheimen Wünsche des Partners, die leisen Bewegungen, die angedeuteten Gesten, das beginnende Drehen des Kopfes, des Körpers, der Füße.

Sie sehen sich nicht an. Sie erleben die Musik, erleben, wie sie getragen werden von den Klängen, den Rhythmen. Im Gleichklang bewegen sich ihre Füße, ihre Körper. Sie sehen nicht die Menschen im Raum, die sich darauf konzentrieren, Fehler, mangelhafte Harmonie, rhythmische Patzer zu entlarven.
Doch es gibt nichts zu entdecken. Wie Voyeure folgen die Zuschauer einem Spiel von Geben und Nehmen, von Führen und Folgen, Drehen und Wenden, Verschlingen und Lösen.

Dann endet die Musik, Schweigen einen Moment lang, es folgt der Applaus.

Das Tangopaar erwacht. Sie fühlen sich bis in die kleinste Zehe - ein Mann, eine Frau!

GEBURTSTAG oder Paris bei Nacht

Der Bus hält um 23.55 Uhr an einer belebten Kreuzung südlich vom Quartier Latin. Der Führer verkündet per Mikro die Sensation:" Alle Fahrgäste der Tour „Paris bei Nacht" haben nun die Gelegenheit, sich in dem berühmten Studentenviertel, in dem sich schon Sartre und Simone de Beauvoir trafen und mit der linken Intelligenz die Nächte hindurch diskutierten, umzusehen und ein wenig von der Atmosphäre in den Lokalen hier zu schnuppern. In vierzig Minuten treffen wir uns wieder im Bus. Sie erhalten jeder von mir einen Franc als Unkostenbeitrag, wenn Sie etwas konsumieren müssen. Wie gesagt: in vierzig Minuten, um 0.45 Uhr, im Bus zur Weiterfahrt."

Inzwischen ist es 0.00 Uhr. Linda hat Geburtstag. Vor fünfundzwanzig Jahren kam sie auf die Welt. Das Vierteljahrhundert wollte sie in Paris feiern, hatte sie beschlossen. Zusammen mit ihrer Schwester begab sie sich auf die Reise: fünf Tage Paris, Busreise, Übernachtung und französisches Frühstück, eine Stadtrundfahrt und eine Tour „Paris bei Nacht" inklusive. Das Hotel liegt direkt an der U-Bahnstation „Pigalle", zwei Minuten zu Fuß durch eine ruhige Nebenstraße. Immer, wenn sie am späten Abend von den Streifzügen durch die Stadt zurückkehren, wird Ada unruhig. Sie fürchtet sich vor den Gefahren, die in einer Stadt wie Paris in der Nähe von „Pigalle" nachts lauern.

Sie fürchtet wie ihre Mutter, dass ihnen etwas zustoße hier in der Weltstadt.

Und nun ist es 0.00 Uhr und Lindas Geburtstag. Ada nimmt die Schwester in den Arm und flüstert ihr ins Ohr: „Alles, alles Gute für Dein neues Lebensjahr, für ein neues Vierteljahrhundert mit vielen, vielen spannenden Abwechslungen, so, wie Du es Dir wünschst. Ich freue mich sehr, dass Du mich mitgenommen hast auf diese Reise. Aber was machen wir jetzt? In der ersten halben Stunde Deines neuen Lebensjahres?"

Der Bus hat sich geleert. Sie sind die letzten, die ihren Franc in Empfang nehmen und sich in die vierzig Minuten Abendteuer am Rand des Quartier Latin in das „Paris bei Nacht" stürzen. Die Luft ist lau, eine richtige Mainacht. Es duftet nach Lindenblüten, das unablässige Rauschen des Verkehrs hat nachgelassen. Aber immer noch sind viele Menschen unterwegs. Die Tische vor den Straßenlokalen sind besetzt mit fröhlichen Runden. Die Mitreisenden stehen ein wenig ratlos vor dem Bus, wissen nicht recht, wo sie das Abendteuer suchen sollen, mit einen Franc für vierzig Minuten.

Auf dem Bürgersteig vor dem Bus sitzen Schmuckhändler. Billiges Silber, mehr auch Blechschmuck bieten sie an. Zerzaust und ungepflegt sehen sie aus, diese Straßenhändler, die sich mit Tand ein wenig Geld verdienen, das sie anschließend wieder ausgeben werden für den heiß begehrten Drogenkick. Studenten auch halten hier mit Freunden Wache, hoffen, dass sie ein paar Stücke an fröhliche, leicht verführbare Touristen verkaufen können.

Neugierig und ein wenig gelangweilt geht Linda auf eine der Auslagen zu, hockt sich hin, um sich die Schmuckstücke anzusehen. Ada hockt sich dazu. Beide sind vertieft ins Schauen, bemerken die aufmerksamen Blicke der jungen Händler nicht. Sie unterhalten sich in ihrer Sprache.
„Schau mal, ist doch eigentlich ganz hübsch, die Kette."
„Aber der Ring hier, der gefällt mir noch besser."
„Guck mal, die ist wirklich schön!"
Linda nimmt die Kette in die Hand: aus Blech ist sie, offensichtlich. Aber schön gearbeitet. Fünf Schnecken sind mit einander verbunden, ein hübsches Halsgeschmeide.
„Die schenke ich mir zum Geburtstag."
„Darf ich sie Dir schenken? Ich finde, das wäre ein schönes Andenken an unseren gemeinsamen Geburtstag hier in Paris."
Linda nimmt die Schwester in den Arm: „Darfst Du! Freut mich unheimlich! Gerne möchte ich mich erinnern lassen an diesen gemeinsamen besonderen Tag!"
Ada nimmt die Kette und versucht, dem jungen Mann zu erklären, dass sie sie kaufen möchte.
„Kaufen? Geschenk? Für andere Frau?"

Der junge Mann klaubt mühsam ein paar Brocken Deutsch zusammen, mehr als Ada auf Französisch zustande gebracht hätte. Beide freuen sich über die gelungene Kommunikation.

Und nun kommt Linda in Fahrt. Sie hat Geburtstag, Ada hat ihr ein Geschenk gekauft. Der junge Verkäufer ist nett, möchte sich offensichtlich unterhalten. Auf seiner Schmuckdecke steht eine Kerze, daneben ein paar Studentenblumen in einem Einmachglas.
„Eigentlich ist das alles, was zu einem richtigen Geburtstagstisch gehört: eine Kerze, ein paar Blumen, ein Geschenk. Eigentlich müsste noch ein Kuchen dabei sein. Aber den haben wir nun nicht", denkt Linda.
„Ist ja auch nicht so wichtig."

Ada hat ähnliche Gedanken. Auch sie sieht die wichtigsten Utensilien für einen „Geburtstagstisch wie zu Hause". Sie schaut den Schmuckhändler fragend an und greift zur Kerze. Das ist das Zeichen für Linda, dass ihre Schwester dasselbe vorhat. In mühsam zusammen geklaubtem Französisch erklärt sie dem verblüfften jungen Mann, dass sie heute Geburtstag hat und ihre Schwester einen Geburtstagstisch richten möchte „Comme il faut en Allemagne." Das ist die Eröffnung für ein Spiel, das nun folgt.

„Vous etes d'Allemagne?" „ Oui. et: heute Geburtstag. Le jour spezial personelle." Klar kapiert der Franzose. Und hat auch verstanden, dass hier ein Fest gefeiert werden muss, mit Kerze und Blumen nach deutscher Art.

Inzwischen hat Ada den Kuchenersatz in ihrer Tasche gefunden und legt das „Mars" dazu. Aber auch die Franzosen wollen beitragen zu dem Fest, nach französischer Art. Die Kollegen rechts und links haben das Geschehen beobachtet. Und sie machen gerne mit: Linda und Ada können den raschen Wortwechsel nicht verstehen, aber die Auswirkung verstehen sie: ihr Schmuckhändler wählt einen schönen Ring mit einer großen roten Emailleplatte, dasselbe Rot wie Lindas Bluse. Der Nachbar rechts klaubt eine Flasche Rotwein aus seinem Gepäck, der Nachbar links steuert ein halbes Baguette und ein Stückchen Käse bei. Das alles richten sie zu einem Geburtstagstisch auf dem Bürgersteig: ein Stückchen Stoff, darauf die Kerze und die Blumen, die Kette von Ada und den Ring von den jungen Männern. Dazu singen sie gemeinsam: „Happy birthday to you...", womit das Fest endgültig international wird. Sie lassen die Flasche kreisen, teilen den Käse und das Brot. Brocken in Deutsch, Französisch, Englisch helfen beim verbalen Austausch, Lachen und Singen schmiedet die kleine Feierrunde zusammen.

Niemand bemerkt, dass sich einige Zuschauer um sie herum versammelt haben. Die Mitreisenden sind von ihrer aufregenden Tour durch das Quartier Latin zurückgekehrt. Es ist 0.45 Uhr, die Fahrt „Paris bei Nacht" soll weiter gehen.

LUISAS NACHTWANDEL

„Hast Du Lust, mit mir nach Paris zu fahren? In den nächsten Tagen oder sofort? Der Herbst an der Seine ist schön."
Ob sie Lust habe, hatte Friedrich gefragt, auf Paris! Ob er meinte: nur sie und er?

„Mädchen, Paris ist gefährlich! Zu viele Künstler, Verbrecher, Mädchenhändler unterwegs, nicht erkennbar ihre Absicht, Verführer, Räuber!"
Luisa hörte sie, die Worte der Mutter, spürte wie so oft ihre Sorge und Panik.

„Ja, ich habe Lust auf Paris, alleine mit Dir!" ihre Antwort.
„Ich kann ihm vertrauen", ihr heimlicher Wunsch. Sie träumte von Museen, von Kunst, vom Louvre, vom Eifelturm, vom Jardin de Luxembourg, dem Seineufer. Was sollte gefährlich sein daran?

Dann waren sie gestartet. Das alte Auto hatte sie problemlos in die Metropole getragen. Sie hatten ein kleines Hotel gefunden, der Geheimtipp eines Polizisten, den sie fragten, nachdem sie den Begrüßungspastis im Bistro neben Notre-Dame genossen hatten. Natürlich zwei Einzelzimmer – Mutter konnte beruhigt sein! Am nächsten Tag widersetzte sich das Auto jedem weiteren Startversuch: die Batterie am Ende. Sie fanden eine kleine Werkstatt in der Nähe des Hotels. Drei Tage sollte es dauern. Der Preis? Nun ja, die Hälfte ihres schmalen Budgets würde es kosten. Sparen war ab sofort die Devise. Gestorben die Museen, der Louvre, die Kunst. Was bleibt in Paris, wenn kein Geld in der Reisekasse ist?

„Was bleibt, wenn man zu zweit allein?" wirst du denken. Ja, denke nur!

Sie machten einen langen Spaziergang an der Seine. Die Buden waren noch geöffnet. Sie fanden eine alte Ausgabe von Laurence Sterns „Tristram Shandy" auf Deutsch. Wie kam Friedrichs Lieblingsbuch an diesen Ort? Den Franc, den der Händler verlangte, würden sie sparen beim nächsten Käsekauf, da waren sie sich einig. Sie schlenderten weiter, an den dösenden Clochards, den Haltestellen der Ausflugsboote vorbei, ließen die bunten Blätter unter den Füßen fliegen, genossen die Wärme der späten Oktobersonne, studierten die wunderbare Sprache Sterns auf den vergilbten Seiten, am Seineufer eng aneinander geschmiegt.

Eine preiswerte Mahlzeit suchten sie sodann im Quartier Latin. Sie fanden eine billige Crèperie, bummelten danach durch die engen Gassen. „Pass auf: vielleicht entdeckst du ein bekanntes Gesicht. Manchmal kann man hier Sartre und die Beauvoir treffen oder einen anderen berühmten Menschen."

Sie wusste, Friedrich meinte es ernst. Nie würde sie Sartre oder Simone bemerken, auf offener Straße, unerwartet ihr über den Weg laufend. Aber er würde sie sehen, würde sie anstoßen: „Schau mal dort!"
Und Luisa würde sie erkennen, hier, im Quartier Latin.

Immer wieder schlug ihnen der Duft erlesener Speisen durch die offenen Türen exotischer Lokale entgegen. Dann waren es Klänge: Tanzmusik, Jazz, Gesang. Sie waren beides: Genießer des fremden Flairs und Beobachter des Treibens. Sie hielten sich fest, er den Arm um ihre Schulter gelegt, sie die Hand an seinem Gürtel. Sie genossen das gemeinsame Sichtreibenlassen, ziellos in der Menschenflut, zeitlos, Luisa im weißen Lodenponcho, er in der schwarzen Lederjacke, beide mit Baskenmütze.

Am nächsten Morgen schliefen sie lange, verpassten das karge französische Hotelfrühstück. Sie genossen ein kleines Mittagsmahl in einem der preiswerten Bistros, machten sich erneut auf den Weg. Der Flohmarkt im Norden von Paris, mit der Metro erreichbar in kurzer Zeit, war heute ihr Ziel. Stunden kann man dort verbringen mit Schauen und Entdecken und Schlendern. In einer Ecke hält eine alte Frau auf einem kleinen Schemel ein Püppchen in der fleischigen Hand, bietet es Luisa zum Kauf. Ihr Französisch reicht für den Handel. Sie ersteht die kostbare Kleinigkeit: eine uralte Puppe mit Lederbalg und Porzellankopf, dazu eine Garderobe aus brüchiger Seide und Spitzen. Weitere Francs, die sie sich vom Mund absparen werden, dennoch sind sie glücklich, beide.

Zurück zum Hotel, die Schätze geborgen, gemeinsame Siesta vor der nächsten Nacht.

Montmartre ist nun ihr Ziel, Besuch bei den Künstlern. Sie steigen den Berg hinauf nach Sacré-Coeur. Auf den Stufen sitzen sie, mit Blick über die Stadt in der silbergrauen Dämmerung. Ihr Kopf ruht auf seiner Schulter. Warm ist es noch einmal, gold schimmernd das Herbstlaub. Dann beginnt es zu tröpfeln. Sie verlassen ihren Platz, nehmen im Sprung die Stufen hinab. In einer kleinen Bar an der Place du Tetre genießen sie einen Rotwein, ein Glas zu zweit – nicht ungewöhnlich sparsam geteilter Konsum in diesem Quartier. Sie beobachten das Kommen und Gehen der Gäste, lauschen den Gesprächen um sie herum, genießen es, eng umschlungen, mitten drin zu sein im Knäuel der exotischen Gestalten. Schade, der Regen hat die Künstler mit ihren Staffeleien vertrieben. Keine Geschäfte sind mehr zu erwarten in regenfeuchter Nacht, keine Gefahr für ihr schmales Budget.

„Ob Mutter sich vorstellen kann, wie lebendig es sich anfühlt, das Paris, das ich heute erlebe? Warum nur hat sie immer Angst um mich?"

„Komm, lass uns Pigalle entdecken!"
Plötzlich hat er sich gemeldet, der Wunsch nach ein bisschen Verruchtem. Kein Sündenpfuhl bisher, die nächtliche Metropole. Sie denkt an das Moulin Rouge des Toulouse-Lautrec, an schummrige Bars mit schräger Musik, an leicht erkennbar käufliche Frauen, finstere Männer.
„Warum nicht", seine Antwort. „Ich kenne es selber nicht. Wir können's ja versuchen."
Sie machen sich auf den Weg.

Wer hätte das gedacht: ein paar schrill gekleidete Frauen in dunklen Hauseingängen, gelangweilt schauen diese ihnen nach. Neonreklame nicht aufregender als in der nächtlichen Altstadt zu Hause, Sex-Shops und Peep-shows.
Luisa schlendert, von Friedrich beschützt, durch eine verbotene Welt, wartet auf ein Abenteuer.
„Komm, da gehen wir mal rein."
Durch einen dicken Vorhang betreten sie eine kleine Bar. Ist das möglich? Nahezu leer der schummrige Raum, kalte Rauchschwaden, der Geruch abgestandenen Bieres, wenige Paare, gelangweilt sich räkelnd an den schäbigen Tischen.
Nichts los in Pigalle, donnerstagabends.

Ebenso plötzlich wie sie auftauchte, die Lust auf Verbotenes, so ist sie verflogen. Luisa ist nicht geschaffen für das zwielichtige Milieu.

Mitternacht ist lange vorbei, der Regen hat nachgelassen. Hellwach sind sie, haben keine Lust auf

Hotel. Noch gibt es die Hallen, die berühmten, im Herzen von Paris. Im nächsten Jahr werden sie verschwunden sein, verlegt an die Peripherie.

Sie machen sich auf den Weg durch die nächtliche Stadt. Kaum Menschen unterwegs, nur wenige Autos, hin und wieder ein Taxi, langsamer werdend, wenn der Fahrer das Paar erblickt. Sie gehen gerne zu Fuß durch die stillen Straßen. Dann nimmt der Verkehr langsam zu. Lastwagen, kleine Lieferwagen mit den Aufschriften von Hotels oder Lebensmittelläden: alle fahren in dieselbe Richtung. Sie kommen in die Nähe der Hallen. Erneut beginnt es zu regnen.

Ein reges Treiben empfängt sie am Ziel: die enge Zufahrt endgültig verstopft, Fahrer beschimpfen sich lautstark, Helfer versuchen ein Durchkommen zu organisieren. Fußgänger können ungehindert passieren. Sie erreichen den Markt.
Stapel von Gemüsekisten bilden die Gassen im Fruchtmarkt. Zerquetschtes Obst und Gemüse macht die Wege glitschig. Ihr Ziel der Fischmarkt, die Käsestände, die Gewürzhändler. Pulsierendes Leben umgibt sie: schreiende Händler, quietschende Karren, fluchende Fahrer, eingehüllt alles in den spezifischen Duft eines Großmarktes: nach Melonen und Trauben riecht es, nach Zwiebeln und Knoblauch, nach Fisch, nach Käse, nach Curry und Koriander.
Sie kaufen ein frisches Krabbenbaguette und suchen sich einen ruhigen Platz.

Draußen hat sich inzwischen ein dünnes Licht ausgebreitet. Es überzieht mit seinem nebligen Schein den kleinen Platz am Ausgang der Hallen. „Lass uns den Morgen auf der Brücke begrüßen", schlägt Friedrich vor.
Kurze Zeit später haben sie die Pont Neuf erreicht. Auch hier flutet der Verkehr der Händler und Kunden des Großmarktes.

Sie überqueren die breite Straße und bleiben am östlichen Brückengeländer stehen. Er hält sie im Arm, ihr Kopf lehnt an seiner Schulter, während sich im Nieselregen ein verhülltes Rot über den Himmel breitet. Sie schauen dem allmählichen Verlöschen der Straßenlaternen zu, folgen dem Strömen des Flusses unter ihnen, freuen sich am Wirbeln der Blätter, die eine Windböe zum Leben erweckt.
Zart streicheln seine Finger ihren Hals, suchen sich ihre Lippen. Längst haben die Tropfen ihre Gesichter befeuchtet, sind Poncho, Lederjacke und Baskenmützen schwer von der Nässe. Sie kehren zurück zum Platz an den Hallen und betreten ein kleines Bistro.

„Komm, da drüben am Tresen ist noch Platz."
Sie schlängeln sich durch die dicht gedrängt sitzenden Menschen in die hintere Ecke.
„Zwei Espresso bitte", bestellt Friedrich und zündet sich genüsslich eine Gauloise an. Der zweite Zug ist für sie, der nächste für ihn, dann wieder sie.

Um sie herum lebhafte Unterhaltungen, Lachen. Zwei Männer in Latzjeans und Wollmützen mit gegerbten Gesichtern, unrasiert, streiten, erheben die Fäuste, drohen, lärmen, schlürfen ihren Rotwein.

Nicht einen Hauch von Müdigkeit spürt Luisa an diesem frühen Morgen, trinkt die Szene mit allen Sinnen.

„Wenn Mutter mich sehen könnte!"

Eine kleine Gruppe betritt den überfüllten Raum: zwei Frauen, ein Mann. Elegant gekleidet ist er: in eng geschnittenem schwarzen Wollmantel, Hut und Handschuhe in der gepflegten Hand. Die Damen in seiner Gesellschaft: groß gewachsen, schlank, jung. Elegant gekleidet auch sie, dezente Kostüme, teurer Schmuck, großes Make-up. Einen winzigen Augenblick verstummt das gesellige Lärmen, wendet sich ihnen die Aufmerksamkeit zu. An einem der langen Tische rücken die Gäste zusammen, die Neuen nehmen Platz.

Luisa stutzt: die jüngere der beiden Frauen, kennt sie das Gesicht? Verstohlen schaut sie in ihre Richtung. Irgendetwas erscheint ihr bekannt. Sie weiß nicht woher. Sie fühlt Friedrichs Hand auf der Schulter.

„Komm, trink aus. Ich bin müde. Gehen wir."

Sie legen die Münzen neben die Tassen und machen sich auf den Weg. Im Hinausgehen wirft sie noch einmal einen Blick auf die kleine Gruppe.

30

Wie Schuppen fällt es ihr von den Augen. Natürlich! Sie erinnert sich!

Neulich beim Zahnarzt: sie schlug das Klatschblatt auf. Auf der dritten Seite dann das großformatige Foto einer schönen jungen Frau, sehr knapp bekleidet, eine auffallende Erscheinung in lasziver Haltung, die Haare - ein fransiger Pony, ein strähniger Pferdeschwanz - halb über das Gesicht gelegt. Das war ja Moni! Natürlich! Unverkennbar! Sie suchte nach dem Namen der Frau, fand ihn endlich in dem Artikel. Moni: eine große Karriere, eine Karriere, im Milieu. Moni, die bei der Klassenarbeit ihren Pferdeschwanz über die Augen zog, ungeniert das Blatt der Nachbarin studierte. Moni, die den Pony aus der Stirn strich, wenn ihr die Antwort nicht einfiel, die Lehrer mit schmachtenden Blicken außer Gefecht setzte.

Sie könnte sie begrüßen, hier in Paris, im Bistro bei den Hallen, am frühen Morgen.
Sie könnte sagen: „Hallo Moni! Wie schön, Dich zu sehen! Weißt Du noch: der Meier! Wie geht es Dir? Erzähl mal!"
Und Moni würde sie anschauen mit müdem gelangweiltem Blick. Und der Begleiter würde fragen: „Liebling, kennst Du das graue Mäuschen?"
Und zu Luisa gewandt: „Was wollen Sie? Lassen sie uns in Ruhe1"
Und er würde sich aufrichten, der elegante Schöne, vielleicht drohen, sie verjagen.

Gleich werden sie ein frisch gebackenes, duftendes Weißbrot kaufen, ein kleines Stück Käse, zwei Tomaten auch – ihr Frühstück später, wie immer in den letzten Tagen. Sie werden die ersten sein, die den kleinen Laden an der Ecke betreten, das Geld abgezählt in der Hand. Dann werden sie für wenige Stunden in einen kurzen Schlaf fallen, Seite an Seite. „Und Mutter ahnt nicht, wo ich mich befinde!"
Am Nachmittag können sie das Auto abholen. Wenn sie die Reparatur bezahlt und den Tank gefüllt haben, wird ihnen der Rest des Geldes vielleicht noch reichen für ein letztes Päckchen Gauloise, eine Tafel Schokolade, ein Baguette. Auf weiteren Käse und Rotwein werden sie verzichten müssen, die Trauben auf der Fahrt durch die Champagne selber von den Reben ernten.

DIE PERLENFRAU

I.

Fünf Jahre alt ist sie, als sie das erste Mal etwas von Perlen hört. Kostbar sollen sie sein. Eine Kette wünscht sich die Mutter. Der Vater findet den Wunsch zu groß – für einen normalen Geburtstag. „Und zur Geburt des Kindes?" fragt die Mutter. Auch davon ist der Vater nicht begeistert. „Perlen – Symbole für Tränen – zur Geburt eines Kindes? Freudenfeuer und Hoffnungssymbole ja, Diamanten und Smaragde! Doch Perlen? Tränen? Zu diesem Anlass? Nein!"
„Perlen haben viele Bedeutungen" wendet die Mutter ein. „ – auch andere: die griechische Perle heißt Margarita, das ist die Geliebte. In China sind Perlen Symbole für Reichtum, Weisheit und Würde. Perlen gelten als Heilmittel für Melancholie und Wahnsinn. Such Dir aus, was eine Perle für uns bedeuten könnte."

Die Mutter wünscht sich eine Perlenkette. Der Vater hält nichts von der Idee. So hat sie es verstanden. Und sie beschließt: sie wird der Mutter den Wunsch erfüllen.

Perlen gibt es in ihrem Leben in Fülle, jeden Tag, in allen Farben und Größen: rote, grüne, gelbe, blaue, weiße, braune, kleine, große, glänzende, matte. Heute nimmt sie sie in die Hand, fühlt ihre glatte Oberfläche, das angenehm Runde der

Form, versucht zu verstehen, was sie so kostbar macht. Sie fädelt sie auf einen Faden, aus Kunststoff zunächst. Sperrig fühlt sie sich an, die Kette aus den vielen bunten Holzperlen auf dem steifen Faden. Bunt ist sie, lustig, fröhlich! Ja! Aber sie schmiegt sich nicht um den Hals, steht ab wie ein Kranz.

Sie zerstört ihr Werk.

Am nächsten Tag ein neuer Versuch: aus Baumwollgarn der Faden heute, der die vielen kleinen Perlen in allen Farben hält. Doch wieder ist sie nicht zufrieden. Die Kette hängt schlapp herab.

Jeden Tag nun probiert sie eine neue Kette und löst sie am Ende wieder auf. Niemand erfährt den Grund für ihre neue Leidenschaft. Die Zeit vergeht.

Der Vater hat die Perlen scheinbar vergessen. Die Mutter spricht nicht mehr davon. Das Baby wächst. Es strampelt in Mamas Bauch. Der fühlt sich so rund an wie die Perlen, ist prall und warm.

Bald wird das Baby geboren werden.

Und morgen hat Mama Geburtstag. Sie muss handeln.

Sie findet einen dicken braunen Faden. Und sie entscheidet sich für die schönsten Perlen, riesengroße: eine leuchtend rote, eine satt grüne, eine sonnengelbe. Sie fädelt sie auf, nimmt sorgfältig Maß, knotet das Band und schneidet den Rest ab. Nur drei Perlen, große, leuchtende, das muss reichen. Sie werden sich wunderbar abheben von Mamas grünem Kleid über dem Babybauch. Sie sucht ein sicheres Versteck. Blitzschnell verschwindet das Werk in der Frühstückstasche.

Sie hat es geschafft: Mama wird eine Perlenkette bekommen, zum Geburtstag, morgen, bevor sie alle das Haus verlassen.

Und Mama wird glücklich sein – da ist sie sicher.

II.

Zehn Jahre später ist sie mit den Eltern in den Ferien in Holland unterwegs. Langsam schiebt sich ihr Boot durch die Grachten und Kanäle, unter Brücken hindurch. Abwechslung endlich: sie ankern in einer kleinen Stadt. Viele Fremde gibt es hier. Die Menschen kommen aus Asien, aus Arabien, aus Griechenland, aus der Türkei.

Vater und Tochter bummeln durch die Straßen mit den niedrigen Backsteinhäusern. Sie haben keine Eile, bleiben stehen vor diesem Schaufenster, vor jenem, probieren Fischerhemden und Sturmkappen, beschließen, einen Pfannkuchen mit Ahornsirup zu verspeisen, dazu ein „Köppchen Kaffee" zu trinken, einen Genever für den Vater danach. Ferienstimmung!

Auf dem Rückweg zum Boot landen sie in einem Trödelladen. Herrlichen alten Krempel gibt es dort: Tische, Schränke, Sessel, Lampen. Am liebsten würden sich Vater und Tochter hier niederlassen. Zeit müsste man haben, die alten Stücke zu neuem Leben zu erwecken: sie befreien vom Schmutz langjährigen Gebrauchs, die Holzstruktur freilegen und mit neuer Schutzschicht versiegeln. Sie wandern von Stück zu Stück und lassen ihren Wünschen freien Lauf.

Da sieht sie in einer Ecke etwas Gelbes, eine kleine Kugel, nein: mehrere Kugeln auf einem zerschlissenen Band. Sie zieht es hervor und hält es ans Licht. Am Ende des Kettchens befindet sich ein dicker Knoten, durch eine Perle gezogen, die langen Enden erneut durch einen Perlenknoten verbunden, eine kleine Quaste als Abschluss.

„Oh, du hast ein Komboloi gefunden!" ruft der Vater. „Sorgenperlen oder Glücksbringer, ein Spielzeug griechischer Männer, ein Zeitvertreib. Vielleicht ist es aber auch ein islamisches Gebetskettchen. Nein, sicher nicht: das islamische Tasbih hat 99 Perlen für die 99 Namen Allahs."
Was kümmert sie der Zweck dieser Perlenschnur! Woher nur weiß der Vater dies alles? Er interessiert sich doch gar nicht für Perlen! Oder etwa doch? Seit damals?
„Das Kettchen möchte ich haben. Die Perlen sind wunderschön! Frag bitte, was es kostet."
„Ja, du hast Recht. Sie sind schön, vielleicht aus Bernstein?"
Sorgfältig betrachten sie Perle für Perle.

„Schau, da ist ein kleiner Einschluss, da noch einer! Das ist bestimmt Bernstein! Vielleicht hat der Händler das Kettchen noch gar nicht gesehen. Sicher kennt er seinen Wert nicht. Wir werden ihn fragen."

Der Händler kennt das Perlenband nicht. Er sieht die zerschlissene Schnur, die blinden gelben Kugeln.
„Du kannst es gerne mitnehmen. Viel Spaß mit dem Gelump!"

Zurück auf dem Boot hat sie eine neue Ferienbeschäftigung: sorgfältig und mit unendlicher Geduld löst sie die Knoten, legt die Perlen in eine Seifenlösung, reinigt sie und poliert sie mit einem weichen Tuch. In der nächsten Stadt sucht sie eine passende Schnur. Ein Seidengarn – zum Stricken gedacht – erscheint ihr kostbar und haltbar genug. Sie misst die Länge des alten Bandes und gestaltet ihr neues Komboloi entsprechend dem Vorbild.

Keinen Tag wird es fortan fehlen in ihrer Schultasche. Wann immer sie sich nach etwas Vertrautem sehnt, sich langweilt, sich beruhigen möchte: wie die griechischen Männer lässt sie die Perlen durch die Finger wandern und freut sich an ihrer warmen Glätte und weichen Form.

III.

Heute schlendert sie über einen Dorfmarkt in Afrika. Längst kennt sie den Wert antiker Perlen, die nicht in einer Muschel wuchsen, sondern von Künstlern vor vielen tausend Jahren aus Ton oder später aus Glas gefertigt wurden. Sie hat alles studiert, was es darüber zu lernen gibt. Und sie erkennt eine alte äthiopische Perle unter einem Haufen neumodischer Touristenketten. Sie weiß, dass die ältesten Glasperlen aus Afrika kamen, ein kostbares Handelsobjekt damals, kostbar wie das Muschelgeld der Südsee oder Perlen aus Asien. Dreitausend Jahre können sie alt sein, diese tiefblauen oder sattgrünen, fast schwarzen Kugeln, die die Händler im Sand finden und unter ihre billigen Ketten mischen, nicht ahnend, dass Sammler ein Vermögen zahlen für einen dieser antiken Schätze.

Wieder einmal hat sie eine Perle in all dem Plunder entdeckt. Sie scheinen sie anzuschauen. Sie sucht nicht nach ihnen, die Perlen finden sie. Und nun überlegt sie eine Strategie. Sie weiß: sie muss feilschen, verhandeln. Denn nur so wird sie das gute Stück schätzen – später. Eine Geschichte muss sich verbinden mit der neuen Erwerbung. Das macht sie kostbarer für sie. Sie sammelt die Glasperlen und ihre Geschichten. Die wird sie verwahren. Den billigen Tand rundherum wird sie verwandeln in originellen Schmuck für europäische Liebhaberinnen exotisch anmutender Ketten. Auf alte Cellosaiten wird sie sie fädeln, die modischen Tonperlen aus dem afrikanischen Sand, vermischen mit Fabrikware aus Glas, die sich als Gastgeschenk der Weißen in die Kultur der Schwarzen geschlichen hat.

Zuhause wird sie die tausendjährige Glasperle in die Hand nehmen und ihrer Geschichte lauschen: In ihrer Fantasie wird sie sie begleiten am Hals des schlanken Schwarzen auf dem Zug der Karawane durch die Wüste, wenn sie von Hand zu Hand wandert beim Treiben der Händler auf den orientalischen Märkten, in die Schatzkammern der Fürsten. Sie wird die Perle suchen auf der Haut der Frauen des Harems, in den Satteltaschen der Tuareg, in den Mäulern der Kamele, die sie mit dem Futter vermahlen jedoch nicht zerstören können und wieder ausscheiden in ihrem Kot. Und Kinder werden sie finden, in der Oase, im Sand, mit ihr spielen, sie tauschen, sie behüten, verstecken. Und eines Tages gelangt sie, Kinderspielzeug längst, in die Hände einer alten Frau, die Ketten fädelt zum Verkauf auf dem Markt, Ketten aus billigem Glas. Und sie mischt die unansehnliche matte dunkle Perle darunter, um eine glänzende neue zu sparen.

Heute hat sie die Perle entdeckt. Sie wird sie erwerben. Sie wird um sie feilschen, einen guten Preis aushandeln. Sie wird sie aus der Kette herauslösen und das neue Stück fortan an ihrer Brust vor dem Verlieren schützen. Sie wird sie nach Hause bringen – ihre neue „Margarita" aus Afrika, in die Schale legen zu den übrigen Schätzen vom schwarzen Kontinent. Und ab und zu wird sie sie zeigen als Teil eines reichen Schmuckes, den sie voller Stolz im tiefen Ausschnitt trägt.

KOMM, DASS ICH DICH BESCHÜTZE!

1.
„Ob er ein guter Liebhaber ist?" schießt es mir durch den Kopf.

Mit weichen warmen Fingern massiert Murad, der hübsche Lehrling, meinen Kopf, hat wie immer genau die richtige Wassertemperatur gewählt, plaudert über Istanbul. Er schwärmt von der Altstadt, den engen Gassen, dem Duft der Gewürze in den Basaren, der Sonne über der Kuppel der Hagia Sophia, dem Blick von der Galatabrücke über den Bosporus.
Er schäumt meine Haare mit duftendem Shampoo, spart nicht mit Wasser zum Ausspülen. Fürsorglich tupft er meine Ohrmuscheln trocken, hüllt meinen Kopf in ein warmes Tuch.
„Möchten Sie einen Espresso? Ein Wasser? Einen Aperol? Vielleicht auch alles nach einander? Ein winziges Stückchen Kuchen?"
Wir lachen über das „winzige Stückchen", während er mir aus dem Sessel am Haarwaschbecken hilft und mich an meinen Frisierplatz führt – weiß er doch, dass ich „ein Stück Kuchen" mit Rücksicht auf meine Linie immer ablehne.

„Hätte so einem früher begegnen sollen, hätte mich vielleicht verführen lassen", denke ich weiter.

„Bist Du sicher? Von einem Türken?" fragt mich mein Über-Ich.
„Weiß man's?" antworte ich mir selbst.
Gleich wird Zeynep mit Schere und Föhn an meiner Schönheit arbeiten und mich dabei in die dichten Wälder ihrer Heimat im Norden Anatoliens entführen.

Und mir fällt die Geschichte ein, die sich vor mehr als fünfzig Jahren ereignete, als die Großeltern von Murad und Zeynep noch nicht daran dachten, ihre Heimat am Schwarzen Meer auf der Suche nach Arbeit zu verlassen und wir Deutschen kaum etwas wussten über Mohamed und den Islam, es weder Alkaida noch ISIS gab, einer Zeit, in der viele Menschen in die Welt der Geschichten aus *„Tausend und einer Nacht"* eintauchten.

2.
Dora las etwas anderes. Sie war tief versunken in dem Buch, das ihre große Schwester ihr vor ein paar Tagen mitgebracht hatte. *„Der Zedernbaum, Märchen und Geschichten aus der alten Türkei"* stand in türkisfarbenen Buchstaben auf dem goldenen Umschlag mit dem orientalischen Seitenschmuck.
Dora las:
> *„... der Vater aber zuckte nur die Schultern und murmelte ‚Allah bilir'",*

und blätterte um.

„Und mit diesem ‚Gott weiß es'" las sie nun, *„gab er es auf, noch weiter über seine eigenen Worte nachzudenken. Wie oft geschieht doch dergleichen! Wie oft sagt ein Mensch Dinge, die auch ihm gesprochen werden von einer Macht, die er nicht kennt. Weiß das nicht auch der, der Märchen erzählt und sich insgeheim verwundert über das, was seine Lippen sprechen? Maschallah, wir sind von Wundern umgeben und wissen es nicht!"*

Dora ist nicht mit Sufi- oder Djin-Geschichten aufgewachsen.
Ihr wurden deutsche Märchen erzählt: Hänsel und Gretel, Dornröschen, Rumpelstilzchen. Rotkäppchen mit dem bösen Wolf, der die Großmutter verschlang, auch die sieben Geißlein auf der Flucht vor dem Bösen: der Sieg des Guten, die Rettung der heilen Welt, das waren die Themen in ihrem Elternhaus.

Vor allem mit biblischen Geschichten ist Dora aufgewachsen: mit Abraham und Sarah, die sich sehnlichst ein Kind wünschten, mit David, der den Riesen Goliath besiegte. Sie kennt Salomo, den Tempelbauer und weisen Richter, hat Psalmverse und Sprüche aus dem alten Testament auswendig gelernt.
Jedes Jahr hörte Dora in der Adventszeit die Geschichte von Maria, der ein Engel sagt, sie werde ein Kind empfangen, den lang erwarteten Messias

und sie verstand nicht, warum der am Kreuz sterben muss.

Als Kind liebte sie den Platz unter dem riesengroßen Schreibtisch ihres Vaters, wenn der Pfeife rauchend an seiner Sonntagspredigt arbeitete. Dort studierte sie neugierig die altertümlichen Abbildungen in der Bibel. Auch die, auf der Abraham, den Arm mit dem Messer erhoben, sich anschickt, den eigenen Sohn zu schlachten, weil er meint, Jahwe wolle es so. Sie wusste früh, dass dies nur eine Prüfung seines Gehorsams war und ein Engel erschien, das Kind zu retten.

Sie lernte von den Eltern, darauf zu vertrauen, dass Gott die Welt liebt und alles zum Guten wendet – auch, wenn sie vieles nicht verstand.

Das Buch, das Hanna ihr schenkte, erzählt neue Geschichten, entführt in eine fremde Welt. Hier riecht es nach Rosen und Minze. Die Fenster der Häuser und Paläste sind mit kostbar geschnitzten Gittern versehen, hinter denen die Frauen, versteckt, heimlich die Welt der Männer belauschen. Die reichen Beys sitzen auf üppigen Polstern, leben in Gemächern mit Teppich geschmückten Wänden, tragen scharfe Säbel an der Seite. Die Straßen in den Städten sind eng, sie führen durch dunkle Tore hinaus in eine gefährliche Welt, die von Sufis, Djinnen und Derwischen regiert wird – „weit entfernt vom gütigen Gott der Christen, dem Vater, der seine Kinder liebt", würden ihre Eltern sagen.

Dora ist eingetaucht in diese fremde Welt, als die Mutter durchs Treppenhaus ruft: „Telefon für dich. Kathrin Petersen ist dran."
Sie hat keine Ahnung, was diese will. Sie kennt sie kaum. Ärgerlich über die Störung legt sie das Buch zur Seite.

Drei Tage später macht sie sich mit Herzklopfen auf den Weg. Sie trägt den neuen Rock mit dem frisch gestärkten Petticoat darunter und dem breiten Gürtel, der die Taille betont, dazu den zartgelben Pullover und die neuen Tanzschuhe mit den kleinen Absätzen und der Spitze, die die Zehen kaum umschließt. Sie hat ihren bewährten Nudel-Salat zubereitet. Und nun steht sie an der Gartenpforte vor der alten Villa.

Sie staunt immer noch, dass die Eltern sie, die Tochter, die so gerne tanzt, einfach gehen ließen. Sie vertrauen – denkt sie - den Freunden der Professorentochter.

Oben im Dachgeschoss ist die Party voll in Gang. Drei Freunde wohnen hier in den kleinen Mansardenzimmern, in denen früher die Dienstboten schliefen. Eine Holzwand mit einer Lattentür trennt ihren Wohnbereich vom übrigen Dachboden, in der Ecke ein Waschbecken mit fließendem Wasser, die Toilette in der Etage darunter. Viel Freiraum zum Feiern, wenn der Vermieter verreist ist.

Manfred, der Gastgeber, begrüßt sie herzlich. Sie sei nicht zu spät, sagt er. Man habe nur früher angefangen. Die Klausur sei schneller überstanden gewesen als erwartet. Ob sie tanzen wolle.

Er führt sie in den Nachbarraum, wo sich im Schein der Kerzen in vertropften, Bast umkleideten Flaschen schon andere Paare zu leisem Slowfox bewegen. Immer wieder klickt der Tonarm des Plattenspielers über die kleinen Kratzer auf der Scheibe. Fünf Titel der neuesten Tanzmusik, langsam und flott, gut gemischt, werden gespielt.

Dora weiß nicht, wie diese Stücke heißen. Kompositionen von Mozart und Bach kann sie benennen. Aber Swing oder Jazz, gar Schlager oder Tanzmusik? Solche Musik, findet der Vater, sei nicht gut für die Seele, man kenne sie besser nicht mit Namen.

Zu hause singen sie Choräle, Kirchenlieder, seltener auch Volkslieder. „Geh aus mein Herz und suche Freud", „Lobe den Herren, den mächtigen König der Ehren", „Der Mond ist aufgegangen" diese Lieder, von denen sie alle Strophen auswendig kennt, nennen die Kinder im Pfarrhaus „unsere Schlager".

Walzer, Tango und Boogie hat sie in der Tanzstunde lieben gelernt, Charleston zu Hause mit der Stuhllehne trainiert. Sie versteht nicht, was „nicht gut für die Seele" sein soll an dieser Musik, die sich so lebendig anfühlt, zu der man sich einfach fröhlich bewegen muss.

Als die Schallplatte zu Ende ist, sorgt Manfred für Getränke und etwas Essbares.

Im Nachbarraum haben die Gastgeber ihre Betten abgebaut und die Matratzen – drei Federkernmatratzen je Bett – zu einer Couch gestapelt, abgedeckt mit einem Bettüberwurf aus indischer Baumwolle. Hier sitzt Dora jetzt und versucht, sich am Gespräch der Studenten um sie herum zu beteiligen.
Das Weißbrot mit den Eischeiben ist schnell gegessen. Die Ananasbowle schmeckt frisch und prickelnd.
„Komm, lass uns tanzen", drängt Manfred.
Noch einmal schellt es.
„Wird Christian sein. Der kommt immer zu spät", meint einer aus dem Hintergrund.

Manfred führt Dora beim Fox – wieder rutscht die Nadel über die abgespielte Scheibe - sicher und entschieden über die kleine Tanzfläche, probiert ein paar besondere Figuren und schwierige Schrittfolgen. Es macht ihr Spaß zu zeigen, dass sie im Rhythmus bleibt und sich auf den Tanzpartner einstellen kann. Sie hofft, dass man mit Manfred auch den Tango hinbekommt.
Doch dann – knisternd nun - langsame Musik, Kuschelblues. Er zieht sie schweigend an sich, fester als ihr angenehm ist. Das Jackett hat er längst abgelegt, sein Nylonhemd fühlt sich feucht an. Sie weiß nicht, ob sie die Art seiner Berührung, seinen Geruch mag. Gerne würde sie den

Tanz beenden, noch einmal etwas essen und Bowle trinken. Aber sie sagt nichts.

Christian ist im Türrahmen stehen geblieben und hat schweigend den Tanzenden zugeschaut. Dora gefällt dieser ernsthafte Mann im blauen Pullover, der die anderen freundlich begrüßte und nicht sofort zu flirten begann. Nun löst er sich von seinem Beobachtungsplatz. Sie glaubt nicht, dass er sie bemerkt haben könnte.
Dora träumt sich fort aus Manfreds Umklammerung.

Die Sprache der Märchenerzählerin in dem goldenen Buch versetzte sie bisher schnell in die osmanische Welt. Dann schlenderte sie – unsichtbar wollte sie sein - durch enge Gassen und fand in der Stadtmauer die kleine Werkstatt des Kupferschmieds, der seiner Tochter schier Unbezahlbares versprach.

Manfreds Arm fühlt sich stark an, stärker als es Dora lieb ist. Seine Hand hält sie fest, fester als sie mag. Sein Gesicht sucht ihr Gesicht. Sie mag nicht kuscheln.

Wieder verschwindet sie deshalb jetzt in den Straßen der orientalischen Stadt. Sie sieht den reichen Bey das schöne Mädchen im Haus gegenüber beobachten durch Fenster, die zu verkleiden das Geld fehlt. Sie weiß, dass dieser Mann mit kostbarem Schmuck um die Tochter des Kupferschmieds warb und das Geschenk zurück forderte, weil seine Mutter eine bessere Braut für den Sohn im Auge hatte. Sie sieht das abgewiesene Mädchen, das selig mit dem teuren Geschmeide spielte und über den Verlust der Ohrgehänge weinen. Dem Verlobten – steht in der Geschichte - trauere sie nicht nach.

Und Dora hört den Vater, der später nicht weiß, wer ihm die Worte in den Mund legte.

„Weine nicht, mein geliebtes Kind", sagt er.

„Weine nicht, denn du wirst dein schönes Spielzeug nur eine Nacht lang entbehren. Wenn ich in der Frühe wieder in die Werkstatt im Bazar gehe, treffe ich einen Mann, der mir für dich viel schönere Ohrgehänge gibt als diese waren, die ein Elender dir nicht gönnte. Sei nun zufrieden, schlafe ein und träume von den herrlichen Dingen, die dich mit dem morgigen Tag erwarten."

„Ja", denkt Dora seufzend, „Väter können ihre Töchter trösten!"

Aber sie braucht jetzt keinen Trost. Sie wünscht sich etwas anderes.

Immer enger wird es in Manfreds Armen.

In dem türkischen Märchen tritt nun der Derwisch auf, ein frommer Mann, der durch geschlossene Türen geht. Der Kupfer zu Gold macht, das der Kupferschmied nicht verarbeiten kann, weil man denken wird, er habe es gestohlen. Der den verlorenen Ohrschmuck ersetzt und in der Nacht mit Gesten und Worten das Mädchen verzaubert.

> *„Du Traum auf meiner Stirne, du Kleinod in meinem Herzen, du Durst auf meinen Lippen, komm, dass ich dich beschütze!"* sagt er.

Und weiter heißt es: *„Mit einem kleinen Laut, wie ihn ein junger Vogel flatternd ausstößt, eilte das schöne Mädchen in diese ausgebreiteten Arme. Die dunklen Derwisch-Ärmel schlossen sich um sie."*

Von solchen Zauberworten und beschützenden Flügeln träumt Dora, hier in der Dachmansarde, zum ersten Mal nach der Tanzstunde zu einer Studentenparty eingeladen.

Gut, dass ihre Mutter den Rest dieses Absatzes nicht kennt, in dem steht:

> *„Die Welt versank, das Leben hielt den Atem an, und glückselig wurde das Mädchen des Mannes Weib."*

Dora ist lesend immer bei dem Wort „glückselig" hängen geblieben und träumt fortan vom Versinken der Welt und dem Leben, das den Atem anhält.

Doch hier, beim Tanz mit Manfred spürt sie etwas, das sie nicht kennt, das ihr Angst macht. Sie weiß nicht wirklich, was es ist, wozu Männer junge Mädchen verführen, wovor sie sich hüten sollte, wie gefährlich ein Kuss ist, wie ein Mädchen

„glückselig" eines Mannes Weib wird. Kein Thema war dies bisher für sie, kein Grund, die große Schwester oder gar die Mutter zu fragen, denn heiraten - und damit eines Mannes Weib - will sie noch lange nicht werden. Hier kann sie mit niemandem reden. Sie kennt Kathrin, aber befreundet sind sie nicht und Kathrin ist mindestens zwei Jahre älter.

„Abklatschen" hört sie eine Stimme.
„Nicht jetzt" antwortet Manfred.
„Doch, jetzt", sagt Christian.

Sie tanzen: Foxtrott und Boogie und Blues. Christian hält sie locker im Arm. Seine Hand fühlt sich weich an, warm, Vertrauen erweckend. Sie reden: über sein Studium, über Lehrer, über Eltern und Geschwister, über Bücher, über Mozart und Bach. Er ist uralt in ihren Augen, ihr Sufi, der Gelehrte, der Philosoph! Dann wirbeln sie über die Tanzfläche, zusammen, sie alleine, er holt sie nach der Drehung zurück in seinen Arm, ihr Gespräch wird nur kurz unterbrochen.
Später stehen sie im Türrahmen. Er hinter ihr, beobachten sie die anderen. Dora fühlt sich wohl in seinen Armen. Sie spürt seine Lippen im Nacken, seinen Atem im Haar, hört sein: „Das duftet!", ist selig.
Als sie gehen will, sagt Manfred: „Ich bringe dich nach Hause."
„Lass gut sein" Christian darauf.

Auf dem Weg zur Schule kommt Dora an dem Studentenwohnheim vorbei, wo der große gelbe Briefkasten neben einem der Fenster im Erdgeschoß steht. Sie hört, dass er hier wohnt. Viel Post – findet die Mutter – müsse sie plötzlich forttragen. Von Brief zu Brief hofft sie, dass der drinnen – verborgen hinter einer Gardine - sie draußen bemerkt. Als er endlich sein Fenster öffnet und sie herein bittet, hat er nichts Gutes zu berichten. Eine Mandarine teilt er, ein Stück für sie, eines für sich. Und bei jedem Stück erfährt sie mehr über seine Margarethe, die in einer anderen Stadt studiert.

„Ich mag dich, du bist zauberhaft. Aber sie gehört zu mir", sagt er schließlich.

Traurig geht sie nach Hause, denn ihr begegnete nicht der Bey, der sie für immer vor allem Unheil beschützen wird und in dessen Armen sie glückselig ist.

Sie sollte aufhören zu träumen.

Sie meidet den Briefkasten!

3.

Dann lädt Manfred sie ein zu ihrem ersten großen Ball. Die Eltern mögen den Studenten der Philosophie und vertrauen ihm. Dora aber sagt zu, weil sie hofft, den Traum-Bey noch einmal zu treffen.

An diesem Abend wird sie das neue schwarze Brokatkleid mit den chinesischen Motiven tragen, das ihre Tante aus einem abgelegten Ballkleid für sie schneiderte. Wieder wird sie die Tanzschuhe mit den kleinen Absätzen anziehen und die frechen Herrenwinker – so nennen sie die kunstvoll in Kinnhöhe ins Gesicht gezogene Locke der strengen Kurzhaarfrisur – mit viel Haarspray an der Wange befestigen. Mutter wird es nicht merken, wenn sie ihr ein paar Tropfen vom Tosca-Parfüm entwendet. Aber den rosafarbenen Lippenstift, den sie heimlich vom Taschengeld kaufte, muss sie erst einmal verstecken.

Dora weiß nicht, dass Christian den Semester-Ball organisierte und mit der Polonaise eröffnen muss. Sie weiß nicht, dass seine Margarethe nicht kommen kann, er eine andere Partnerin für den besonderen Tanz braucht.
Sie versucht, Manfred zu mögen.

Es ist kalt und schneepatischig, als Manfred sie abholt. Auf dem Weg zur Gaststätte „Zur schönen Aussicht" hält sie sich an seinem Arm fest, Mutters weinrote Lederhandtasche stolz in der freien Hand, dazu den Stoffbeutel mit den Tanzschuhen. Heute Abend trägt sie wegen der sorgfältig toupierten Frisur keine Mütze. Die Ohren werden schon wieder warm werden.

An der Garderobe in der „Schönen Aussicht" treffen sie auf Kathrin und die anderen Freunde der

Dachmansardenparty. Alle haben sich fein gemacht: die Herren im dunklen Anzug, manche
sogar im Smoking, die Damen im Ballkleid, auch
schulterfrei und bodenlang. Galant nimmt Manf-
red seiner Begleiterin den Mantel ab und Dora
wechselt die Schuhe. Ein kurzer Blick in den
Spiegel, verschämt ein wenig Rosé auf die Lippen
getupft, die Herrenwinker noch einmal gerichtet.
Nun fühlt sich auch Dora schön genug für diesen
Anlass und betritt stolz den festlich beleuchteten
Ballsaal.
Manfred hat einen ruhigen Tisch in der Nähe der
Tanzfläche reserviert. Er bestellt Weißwein, erst
einmal zum Probieren eine Flasche für die ganze
Runde und vergnügt stoßen sie an.
Dora kann Christian nicht entdecken.

Als die Musik beginnt, steht dieser plötzlich vor
ihr.
„Darf ich dich bitten, mit mir den Ball zu eröff-
nen?"
„Sie ist meine Dame", wendet Manfred ein.
„Nur diesen einen Tanz, den offiziellen", sagt
Christian darauf.
Dora möchte fliehen. Doch er hat sie schon an die
Hand genommen und führt sie in die Saalmitte.
„Polonaise" ruft der Kapellmeister und gibt den
Einsatz für die typische Musik im Dreivierteltakt,
zu der nun die Ballgäste nach vorgegebener Cho-
reographie durch den Raum schreiten, allen vo-
ran Christian mit einer strahlenden Dora an der
Seite, die wie schlafwandelnd den Ansagen des

Kapellmeisters folgt. Dann löst sich die Polonaise auf zum Wiener Walzer.

Auch dieser gelingt den beiden, als hätten sie schon ewig geübt, eine Einheit das Paar beim Rechtsherum, beim Linksherum, bei der Schlusspirouette, bevor ihr Derwisch sie in die Luft wirft und wieder fängt. Tosender Beifall folgt.

Manfred verbringt den Abend alleine.

Doch Christian gehört zu Margarethe.

Er ist nicht Doras Bey.

Zum neuen Semester zieht er mit den Freunden in eine andere Stadt.

Ihr bleiben die Träume.

Und Dora träumt, wann immer es nottut – oft, findet sie:

Sie schlüpft in den schwingenden Rock über dem Petticoat, die Tanzschuhe mit den winzigen Absätzen und der Spitze, die die Zehen kaum umschließt.

Sie spürt die Erregung auf dem Weg zu ihrer ersten Begegnung bei Kerzenlicht und Swing.

Sie ist selig in den Armen des Sufi, des stolzen Gelehrten, spürt seine Lippen im Nacken, seinen Atem im Haar.

Verzaubert ist sie, fliegt, verliert sich im wirbelnden Tanz, fühlt sich geborgen unter dem weiten Gewand, das aus Worten schützend gewebt.

Und wenn sie erwacht aus der Umarmung ihres Derwisch, sehnt sie sich nach einem, der zu ihr sagt:

„Du Traum auf meiner Stirne, du Kleinod in meinem Herzen, du Durst auf meinen Lippen, komm, dass ich dich beschütze!"
Und sie vertraut darauf, dass das Leben Träume erfüllt.
Maschallah!

„Ob Murad seiner Geliebten solche Worte ins Ohr flüstert?" denke ich heute, während Zeynep plaudernd meine Frisur richtet.
„Wohl kaum. Son altmodischer Kram!" schließe ich meine Erinnerungen, noch einmal glückselig lächelnd.

Wie es weiterging, möchtest du wissen?
Das Leben ließ sich Zeit, ihre Träume zu erfüllen.

4.
Es gab Partys, immer wieder. Es gab Verehrer.
Da war der schüchterne Helmut, der auf Ingrids Geburtstagsparty versuchte, sie zu küssen und der sich so ungeschickt anstellte, als sie sich wehrte, dass sie beide das Gleichgewicht verloren.
Kein Derwisch!

Da waren die Freunde des Bruders, lauter nette Kerle: Andreas und Georg und Werner und Friedhelm und Walter. Sie luden sie ein zu herrlichen Studentenbällen, tanzten unterschiedlich gut, gaben sich Mühe, von Dora gemocht zu werden.

Sie konnte nur daran denken, dass sie des Bruders Freunde waren – Sufis zum ausgelassenen Tanzen aber nicht geeignet zum Derwisch! Oder wollte sie die Freunde eigentlich gar nicht?

Es gab den Rolf, mit dem sie auf der Zugfahrt vom Schüleraustausch in England zu schmusen versuchte und der ihr sehnsüchtige Briefe schrieb, täglich zunächst, zuletzt wöchentlich bis sie entdeckte, dass er sich längt für Christine entschieden hatte.

Und Mutter hat weiterhin Angst um ihre Tochter, aber zu einem Gespräch über das „eines Mannes Weib Werden" kommt es nicht. Dora wünscht sich längst einen Gesprächspartner für dieses Thema, ist immer weniger sicher, dass es aufgespart werden sollte bis zur Hochzeit.

Hanna, ihre große Schwester, hat ihren Traummann kennen gelernt, ist so beschäftigt mit der eigenen Fahrt durch die Achterbahn der Liebe, dass Dora die ihr wichtigen Fragen nicht zu stellen wagt.

Ihr bleiben die Träume! Das Leben wird sie schon erfüllen.

Sie merkt nicht, wie sich die Zauberworte allmählich zu einem Kokon verdichten. Sie fühlt sich geborgen. Der Derwisch lässt sich rufen, wann immer sie ihn braucht. Er umhüllt sie mit seinen Armflügeln. Wie ein Engel aus den biblischen Geschichten ihrer Kindheit fühlt er sich an. Niemand kommt ihr zu nahe.

Und noch lässt sie sich von dem goldenen Buch mit den türkisfarbenen Buchstaben auf dem Umschlag forttragen in eine andere Welt.

5.

Die Eltern haben Dora eine Reise geschenkt - mit einer Jugendgruppe wird sie an den Lago Maggiore fahren. Noch einmal Ferien mit Gleichaltrigen an einem schönen Platz, bevor sie wie die älteren Geschwister zum Studium in eine weit entfernte Stadt gehen wird. Sie freut sich auf Italien – versucht, sich das *Land, in dem die Zitronen blühen*, vorzustellen, hat keine Ahnung, was Goethe Besonderes am Blühen der Zitronen fand.

Ob ihr dort der Traum-Bey begegnen wird?

Der Vater hat die Reise vorgeschlagen. Dora hat es nicht geschafft, ihm zu sagen, dass ihr diese Gruppe nicht behagt. Die Eltern - das ist ihr klar - fürchten, sie könnte in falsche Gesellschaft geraten. Und nun ist sie mit dem E.C. – den entschiedenen Christen - an den Lago Maggiore gereist: eine kleine Gruppe junger Frauen, noch nicht zwanzig Jahre alt, gemeinsam im Urlaub, junge Männer nicht in Sicht.

Natürlich beginnen die Tage wie unter Christen üblich mit einer gemeinsamen Andacht vor dem Frühstück und enden mit der Abendandacht vor dem Schlafen gehen. Dass die Mahlzeiten vom Tischgebet umrahmt werden, ist nicht besonders erwähnenswert. Dass viel gesungen wird, versteht sich von selbst – christliche Texte auswendig zu können, ist normal. Wer nicht mithalten kann ist verdächtig.

Nach wenigen Tagen ist Dora klar, wo sie sich befindet.

Die Leiterin – Fräulein Geese - erinnert Dora an die strengen „Tanten" im Kinderheim an der Nordsee, wo man vergeblich versuchte, dem dünnen kleinen Mädchen zu ein paar Pfunden mehr an Gewicht zu verhelfen. Aber Fräulein Geese ist älter – mindestens vierzig Jahre alt. Sie trägt eine Goldrandbrille, die ihrem ohnehin strengen Gesicht mit der Mittelscheitelfrisur und dem Haarknoten im Nacken eine noch strengere Note verleiht. Lange Röcke und blaue Blusen bilden die farblose Garderobe.
„Vielleicht ist sie ja so eine weltliche Diakonisse, die - ohne Tracht nicht als Diakonisse erkennbar – unter Jugendlichen missionieren", versucht Dora sie einzuordnen.

Heute haben sie kein Programm. Sie sollen die Zeit nutzen, um sich gegenseitig besser kennen zu lernen.

„Rita, komm doch bitte mal zu uns."
Fräulein Geese steht an der Tür zum Aufenthalts-
raum und wartet darauf, dass sich Rita aus der
lachenden Gruppe löst.
„Oh ne!" sagt diese leise zu den anderen. „Die
soll mich in Ruhe lassen."

Rita ist eine von denen, die die Liedtexte nicht
auswendig kennen. Sie trägt Röcke, die man nie
als lang bezeichnen könnte und die ihre schmale
Taille betonen. Und sie lacht gerne, hat immer
einen Scherz auf den Lippen.
Nach gut einer Stunde setzt sich eine schweigsa-
me, ernste Rita wieder zu der Gruppe. Dora
wüsste gerne, was passiert ist.
Am nächsten Tag wandern sie bei herrlichem
Wetter zu einem kleinen Dorf hoch über dem
See. Auch heute ist Rita stiller als sonst. Bei der
Morgenandacht am nächsten Tag beteiligt sie sich
stockend zum ersten Mal am öffentlichen Gebet.

Immer wieder werden in den folgenden Tagen in
der programmfreien Zeit einzelne aus der Gruppe
zu einem Gespräch gebeten. Fast alle haben einen Termin gehabt. Schweigsam und nachdenklich kamen sie danach zurück zu den anderen.
Dann wird Inge zum Gespräch gerufen. Dora mag
Inge. Beide haben viele Geschwister, mit denen
sie sich mehr oder weniger gut verstehen. Beide
lesen gerne. Beide haben es nicht immer leicht
mit ihren strengen Müttern. Beide freuen sich auf
die Freiheit, die sie nach der Schule erwarten.

Und beide haben – wie sie sich gestehen - keinen festen Freund.

Auch Inge wirkt verstört, als sie vom Geese-Gespräch zurückkommt. Den ganzen Tag über bleibt sie wortkarg und Dora kann sie nicht mehr zum Lachen bringen. Inge weicht ihr aus.

„Was haben die mit dir gemacht?" fragt sie schließlich.

„Erzähle ich dir später", bekommt sie zur Antwort. „Nicht hier."

Das „Später" findet statt, als sie längst schlafen sollten. Und das „nicht hier" ist der Toilettenraum mit der spärlichen Nachtbeleuchtung. Dora hört zu. Was Inge flüsternd erzählt, überrascht sie nicht.

„Und ich sollte mich verpflichten, fortan keusch und züchtig zu leben und mich von Männern fernzuhalten. Denn nur die Liebe zu Jesus sei wahre Liebe, alles andere Verrat", schließt Inge.

„Viel Stoff zum Nachdenken. Son Blödsinn!" denkt Dora.

„Ich werde sie testen" beschließt sie in dieser Nacht.

„Ich hätte auch gerne einen Termin", spricht Dora Fräulein Geese am nächsten Tag nach dem Frühstück an.

„Das überlass bitte uns. Wenn es soweit ist, rufen wir dich."

„Ich möchte aber dringend einen Termin haben", drängt Dora.

„Ich glaube nicht, dass du nicht auch selbst einen Weg findest", ist die Antwort.

„Wovon reden sie? Welchen Weg soll ich finden?"

„Den Weg aus der Sünde zu Jesus. Du bist ja geübt in diesem Denken und wirst deinen Eltern keine Schande machen", ist die Antwort.

„Woher wissen Sie das?" Doras nächste Frage.

„Du kommst doch aus einem gläubigen Elternhaus", sagt Fräulein Geese und lässt sie stehen.

„Wie feige sie ist! Sie könnte mich auch zum Beichten und Bereuen zwingen. Ich werde ihr das Leben schwer machen", entscheidet Dora nach diesem Gespräch, hat aber noch keine Vorstellung womit.

Am besten wäre es, in dieser frommen Abgeschiedenheit ein männliches Wesen zu finden, mit dem man „unzüchtig" spielen könnte. Aber daran ist nicht zu denken. Die nächste Stadt ist weit weg, ein Mann für so eine Inszenierung wahrscheinlich nicht aufzutreiben – wobei Dora ohnehin nicht gut ist im Spielen mit dem Feuer. Sie muss etwas anderes finden.

Die Abende im Feriencamp sind langweilig. Meist sitzen sie mit Saft oder frisch zubereitetem Tee bei Kerzenschein auf der Terrasse am See und erzählen. Die wichtigen Geschichten haben inzwischen die Runde gemacht. Gerne würde die jungen Mädchen zusammen in die Stadt gehen, ins Kino, zum Tanzen, einfach bummeln, ein bisschen flirten.

Doch das ist im Programm nicht vorgesehen.
Dora schlägt einen Vorleseabend vor.

Die Nacht am Lago Maggiore ist sternenklar. Ein kleines Lagerfeuer knistert leise, Funken fliegen. In der Ferne hören sie die Grillen. Dora beginnt zu lesen, ihr Lieblingsmärchen aus dem goldenen Buch mit den türkisfarbenen Buchstaben auf dem Umschlag und dem orientalischen Seitenschmuck.

> *„Da war ein Mädchen von großer Schönheit"*, liest sie, *„Tochter eines armen Mannes. Ein kleines Häuschen hatten sie, und ihre Armut war so groß, dass der Vater nicht einmal Geld genug hatte, um die Holzgitter an den Fenstern des Raumes, den seine Tochter bewohnte, auszubessern."*

Alle hören gespannt zu. Dora ist geübt im Vorlesen. Es macht ihr Spaß, die neuen Freundinnen mitzunehmen in ihr Traumreich.

> *„So waren die Öffnungen größer, als sonst solche Gitter sie besitzen, und durch diese Öffnungen konnte ein gegenüber wohnender reicher Bey das Mädchen erspähen. Er verliebte sich sogleich heftig in ihre strahlende Schönheit und verlor keine Zeit, seine Mutter zu bitten, das Mädchen von ihren Eltern ihn zum Weib zu fordern."*

Dora macht eine kleine Pause. Die anderen in der Runde sind aufmerksam. Nur Fräulein Geese wirkt angespannt. Aber Dora liest ja ein Märchen – keinen Tatsachenbericht. Und Märchen handeln nun mal auch vom Lieben und Verlieben. Und immer geht es gut aus.

Doch dann tritt der Derwisch auf, der, der durch geschlossene Türen geht und das Mädchen am Abend besucht und in dessen Armen es glückselig des Mannes Weib wird.

„Schluss jetzt!" ruft in diesem Moment die Leiterin der Ferienfreizeit des E.C. am Lago Maggiore im Land, in dem die Zitronen blühen.

„Schluss jetzt! Ich dulde diesen schmutzigen Okkultismus nicht! Nehmen sie ihr sündiges Buch und gehen Sie in ihr Zimmer! Sofort! Und schämen Sie sich!"

Die Mädchen in der Runde um das Feuer sind wie erstarrt. Keine wagt, etwas zu sagen.

Und Dora kann es nicht glauben. Ihr geliebtes Märchenbuch ein schmutziger Okkultismus! Sie nimmt ihr Buch, ist froh, dass sie es behalten darf und begibt sich in ihr Zimmer.

Sie hat ihr das Leben schwer gemacht, da ist sie sich sicher – mit einem Märchen! Was wird Vater dazu sagen?

Die Ferien gehen zu Ende.

Zu Hause erzählt Dora den Eltern von den täglichen Einzelsitzungen, vom Druck, der auf die jungen Menschen ausgeübt wurde, vom Zwang zur Beichte, vom Zwang zum persönlichen Bekenntnis zu Gott.

Sie erzählt, dass dies alles sie selbst als Pastorentochter nicht betraf und wie schlecht es den neuen Freundinnen damit ging.

Nachdenklich hören ihr die Eltern zu. Vom „okkultistischen Sündenbuch" erzählt sie vorsichtshalber nichts.

„Nie wieder will ich mit den E.C.lern etwas zu tun haben", schließt Dora ihren Bericht.

„Wir wollten dir etwas Schönes schenken. Das ist uns wohl nicht gelungen", erwidert der Vater traurig.

„Ich hätte ihnen vorher sagen sollen, dass sie mir nicht behagen", denkt Dora.

„Die Zeit zum Träumen ist vorbei", beschließt sie. „Ich sollte mich auf die Suche nach dem mir zugedachten Mann begeben, sonst wird er mich vielleicht nicht finden. Denn wie sagt Großmutter immer: „Was dein Gott dir zugedacht, das wird dir hinter den Ofen gebracht."

Den Rest der Ferien verbringt sie bei der Großmutter, denkt nicht mehr an das goldene Märchenbuch.

6.

Herrliche Tage verbringt Dora mit Anne: gemeinsames Schwimmen im Kanal, aalen auf der Decke am Ufer, Saft und kalte Pfannkuchen im Gepäck, unendliche Geschichten zum Austauschen. Mit den Rädern sind sie unterwegs durch die Gassen, die das reifende Korn den Fuhrwerken lässt. Sie sausen die kurzen Hügel hinab, lachend, freihändig, die Füße in die Luft gestreckt.

Dann kommt Lutz, Annes Bruder. Nichts scheint sich zu ändern. Schon oft verbrachten sie Ferientage zu dritt. Sie genießen die Freiheit gemeinsam wie zuvor, zunächst.
Doch langsam fällt es Dora auf: „Lutz wartet auf mich an der Ecke der Korngasse. Er sucht meine Hand, zieht mich die Hügel hinauf, gibt mir zum Abwärts einen zusätzlichen Schwung. Die Hälfte seines Kuchens schenkt er mir, teilt seinen Saft, berührt meine Haut. Sanft wie das warme Sommerwehen spüre ich sein Werben und fühle mich wohl." steht in ihrem Tagebuch.
Die Tage vergehen. Er ist Annes Bruder. Schon bald wieder Schule.

Lutz und Dora tauschen sparsam Nachrichten: hin und wieder ein schriftlicher Gruß, Telefonate sind teuer. Sie vereinbaren ein Treffen im Herbst, zur Zeit des großen Bauernmarktes.

„Und wieder das sanfte warme Sommerwehen-Gefühl, das meiner Seele wohl tut." schreibt Dora in ihr Tagebuch.
Wenige Tage nur dauern diese Ferien, bleiben dem Wehen zum Wachsen. Ein kräftiger Wind

spielt nun über den Stoppelfeldern, bietet kräftigen Widerstand den Radlern, lässt Röcke flattern, zerzaust die Frisur. Mit geröteten Wangen erscheinen sie zu eiligen Mahlzeiten mit der Großmutter, genießen jede Minute der verbleibenden Tage.

Endlich ist Samstag, Höhepunkt der Markttage für die Jugend. Kettenkarussell, Achterbahn, Riesenrad, Autoskooter und Geisterbahn. Dazu der Duft frisch gerösteter Mandeln, Riesenbratwurst, im Festzelt Tanz mit Musikkapelle. Eine kleine Gruppe sind sie, kennen sich seit Kindertagen, genießen ausgelassen den gemeinsamen Abend.

Lutz, der Bruder von Anne, legt liebevoll den Arm um Doras Schulter, beschützt sie beim Tanz vor aufdringlichen Bauernburschen, denen das ungewohnte Bier zu Kopf gestiegen ist. Sie knabbern die Mandeln aus der gemeinsamen Tüte, treffen sich bei der Bratwurst prustend in der Mitte, trinken aus derselben Flasche.
Lutz ist der Bruder von Anne. Anne ist zu Hause geblieben.
„Sind wir ein Paar?" fragt sich Dora.

Ein kleines Fahrwerk gibt es, das einen Kranz von geschlossenen Kabinen langsam in die Höhe schiebt, bis die Fahrenden kopfüber durch die Luft sausen. Lautes Lachen und Kreischen begleitet den Spaß.

„Komm, das fahren wir." meint Lutz und zieht Dora zur Kasse.

„Ich kann nicht, habe Bratwurst im Magen, muss mich bestimmt übergeben" ihre Antwort.

Und leise ergänzt sie: „Ich habe richtig Angst vor dem Kopfüber."

„Komm" fordert die Stimme neben ihr. „Ich passe auf Dich auf. Es wird nichts passieren. Komm."

Sie besteigen die enge Kabine, Dora sitzt vorne, Lutz dahinter. Das Gitter wird über ihnen geschlossen. Die Fahrt beginnt. Dora spürt seinen Atem an ihrem Ohr, hört die leisen beruhigenden Worte, fühlt seine Hände auf ihren Schultern. Das Tempo wird schneller, sie schrauben sich langsam hinauf, erreichen die totale Senkrechte. Einen kurzen Moment glaubt Dora zu fallen, kopfüber in den Käfig. Dann spürt sie die Fliehkraft. Zusätzlich umfassen sie nun zwei starke Arme, halten sie fest und beruhigende Worte, geflüstert, erreichen ihr Ohr
Der Derwisch, der Traum-Bey ist da!

Am Sonntag trennen sich ihre Wege. Dora fährt nach Hause in die Endphase ihrer Schulzeit. Sie tauschen sparsam Nachrichten: hin und wieder ein schriftlicher Gruß, Telefonate sind teuer.
Am letzten Schultag erwartet Dora zu Hause ein Strauß roter Rosen.

Sie haben sich nie mehr gesehen.
Noch einmal ein Traum zerronnen.

Doch Dora ist auf einem neuen Weg.

Eines Tages wird sie wirklich „eines Mannes Weib".
Der kennt die Zauberworte des Derwischs aus dem goldenen Märchenbuch nicht.
Er verspricht ihr, bei ihr zu bleiben „bis dass der Tod uns scheidet".

7.
Viele Jahre sind vergangen. Dora ist keine junge Frau mehr. Längst hat sie die Zauberworte des osmanischen Derwischs vergessen. Doch immer noch verabschiedet ihre Mutter sie nach einem Besuch mit dem vertrauten „Gott schütze dich, mein Kind".

Eines Tages erwacht Dora aus einem langen Traum.
„Ich stehe am Strand", träumte sie. „Der Himmel ist blau, das Meer umspült meine Füße. Ich spüre die sanfte Brise, höre den Ruf der Möwen. In der Ferne lassen meine Drei einen Drachen steigen. Mein Mann ist sehr beschäftigt damit, das bunte Spielzeug im Wind zu halten. Mein Großer dreht sich um, streicht die Haare, die der Wind ihm über die Augen bläst, aus dem Gesicht, erblickt mich, winkt fröhlich. Ich winke zurück. Ein kurzer

Austausch mit dem Vater, auch der mit zerzauster Frisur, winkt.

Ich freue mich aufs Schwimmen, möchte in langen Zügen das Wasser umarmen, es spüren am ganzen Körper. Noch trägt es mich nicht, umspült meine Füße, meine Knöchel, die Waden, spritzt bis zum Po, weicht zurück.

„Wir gehen langsam den Strand hinab", sagt eine Stimme, „hinein ins Wasser. Spüren den Sand unter den Füßen, die Wellen, ein paar Steine.

Immer tiefer gehen wir hinein in das Meer."

Ich will schwimmen, will nicht hineingehen ins Meer! Was soll ich auf dem Grund des Meeres? Ertrinken werde ich! Doch nicht freiwillig! Schwimmen möchte ich!

Die Stimme, sanft, nun zwingend:

„Wir gehen weiter.

Wir vergessen unsere Furcht vor dem Meeresgrund.

Machen die Augen auf, weit auf.

Spüren das Wasser, das uns umgibt, weich, freundlich, die Wellen kommen und gehen.

Wir gehen weiter, langsam weiter, immer weiter."

Ich gehe, langsam, immer weiter.

Ich spüre den Sand unter den Füßen, die Steine.

„Und wir gehen weiter, weiter auf dem Boden des Meeres, schauen uns um, gehen weiter. ..."

Die Stimme verliert sich im Raum.

Und ich gehe weiter. Bunte, neugierige Lebewesen begleiten meinen Weg. Ich lasse mich treiben, wie ein Taucher, doch ohne Lampe, ohne

Flasche, ohne Maske, ohne Messer, ohne Harpune. Ungeschützt auf dem Meeresgrund.

Plötzlich spüre ich einen Sog, der mich zieht, eine Kraft, der ich nicht trotzen kann, die stärker ist als mein Wille. Und da ist sie, die Angst, umzukommen auf dem Meeresgrund, durch die sanfte Verführung der Stimme, die mich einlud zum Gang durch das Meer.

Ich rufe, rufe meinen Begleiter, den treuen Gefährten meines Lebens, den schützenden Mantel, die bergende Hülle.

Bald schon spüre ich die Kraft, die mich schützt, spüre die Zuversicht, die sich langsam ausbreitet, die Gewissheit, dass das Abendteuer gut enden wird.

Und langsam lasse ich mich ein auf den Sog, gebe ihm nach, lasse mich ziehen."

Im Erwachen denkt Dora: „Noch einmal hat mich mein Derwisch besucht, mein ‚Komm-dass-ich-dich-beschütze-r'. Vergiss nie mehr, dass er kommt, wenn du ihn brauchst."

Und: „Ein muslimischer Schutzengel für eine protestantische Pastorentochter?" schießt es ihr durch den Kopf und sie muss lächeln.

Dann: „Vielleicht sind Schutzengel ja konfessionslos!"

„Wie auch gute Liebhaber", denke ich heute, während Zeynep an meiner Frisur arbeitet und

ich zwischendurch den köstlichen Marmorkuchen
probiere, den mir Murad neben den Espresso gestellt hat.
„Er weiß doch, dass ich nicht widerstehen kann!"

Quelle der Zitate:
„Der Zedernbaum – Märchen und Geschichten aus der alten
Türkei
erzählt von Elsa Sophia von Kamphoevener"
Christian Wegner Verlag Hamburg 1966, Seiten 161 ff

AUF EWIG HINTER GLAS
oder
„Leichen im Keller"

1.
„Ich werde dem Ganzen ein Ende bereiten!
123 deutsche Farmer, Ansiedler und Händler haben sie alleine im Januar getötet. Wir haben sie mit unseren Truppen gejagt, immer wieder sind sie uns entwischt. Für alle Zeiten soll ihnen die Lust vergehen, noch einmal etwas gegen die Kolonialherren zu unternehmen." Generalleutnant Lothar von Trotha ist wütend. „Nun werden sie die unwiderstehliche Wucht deutscher Waffen fühlen. Ich, Vertreter der Kolonialmacht, werde sie unterwerfen, besiegen – so, wie es der Kaiser im Kampf gegen die rebellischen Eingeborenen verlangt."
„Innerhalb der Deutschen Grenzen ist jeder Herero mit und ohne Gewehr zu erschießen", lautet sein Befehl.

Die Aufständischen unter der Führung von Samuel Maharero haben sich mit ihren Familien und den Rinderherden an den Waterberg zurückgezogen. Hier gibt es reichlich Wasser und Weide für das Vieh, hier können sie sich stärken für die Flucht durch die Omaheke-Wüste in das britische Betschuanaland.

„Das werde ich verhindern!" von Trotha.

Er entwirft einen – wie er findet - überzeugenden Angriffsplan. Von allen Seiten wird er den Feind am Waterberg einkreisen und dann vernichtend schlagen
.

Am 11. August 1904 ist der große Tag.
Der Plan misslingt.

Die Hereros werden nicht besiegt, ergeben sich nicht. Die Verluste unter den Deutschen sind groß. Endlich wird es dunkel, die Kanonen verstummen. In der Nacht finden die Hereros eine Pforte aus dem Kessel. In aller Stille ziehen die Überlebenden nach Osten ab.

Da lässt von Trotha die umliegende wüstenähnliche Savanne, die Omaheke, abriegeln und unterbindet durch nachsetzende Truppen die Wasserversorgung. Die flüchtenden Menschen – 80 Prozent des Hererovolkes - und ihre Herden verdursten in der Wüste.

Samuel Maharero entkommt. Er wird nicht Ruhe geben!

2.
Franz steigt vom Pferd, bindet den Gaul und das Maultier an den Baum, holt die Feldflasche aus der Satteltasche, nimmt einen großen Schluck. Er muss noch einen Lagerplatz finden bevor es dun-

kel wird, Holz sammeln für das Feuer, das ihn in der Nacht schützen kann. In der Nacht – weiß er – finden Löwen ihre Beute leicht, wenn sie ihnen so schmackhaft serviert wird. Vielleicht aber sind sie längst satt, voll gefressen mit dem Fleisch, das hier in den letzten Monaten reichlich zu finden war.

Franz fürchtet sich immer noch in den Nächten in der afrikanischen Einsamkeit. Im Traum hört er seine Mutter, die ihn ruft. „Komm Franz, Du warst lange genug bei den Wilden. Jetzt ist es Zeit für zu Hause, für die Wirtschaft in Thüringen, für das Vieh und die Äcker. Komm zurück. Du fehlst mir." Ja, sie fehlt ihm auch, und seine Schwestern und Brüder. Reich wird er sein bei seiner Rückkehr. Noch einmal muss er die Nacht aushalten. Der Hauptmann wird ihn gut bezahlen.

Als das Feuer zwischen den Steinen brennt, macht es sich der junge Soldat auf seinen Decken bequem. Er schaut lange in den leuchtenden Sternenhimmel und hört der Südwester Nachtmusik zu: Grillen zirpen, Hyänen schreien, am Boden raschelt es, das Pferd schnaubt, das Maultier hustet. „Komm Franz" hört er im Einschlafen die Mutter, „Du warst lange genug bei den Wilden. Jetzt ist es Zeit …"

Die Sonne steigt eben über den Horizont, als er aufwacht. Keine Glut mehr im Feuer, kein Wasser für einen wärmenden Kaffee, die nächste Quelle ein ganzes Stück entfernt. Einen Kanten Brot findet er in der Satteltasche, einen Streifen getrocknetes Fleisch, einen Schluck Schnaps. Die Tiere an den nächsten Baum gebunden, dann geht es an die Arbeit.

Die Geier waren fleißig, auch Hyänen und Schakale haben ihre Arbeit getan. Zehn Schädel – hat er beschlossen – will er dem Hauptmann bringen. Neger sollen es sein.

„Wie", denkt Franz, „kann ich den Neger, den Wilden, vom Kameraden unterscheiden?" „Ganz einfach", denkt er weiter, „die Kameraden liegen da drüben, begraben, geschützt vor den wilden Tieren."

Franz schaut zum kleinen Friedhof am Fuß des riesigen Tafelberges, der hier mitten in der Steppe von Deutsch-Südwestafrika den Blick in die Weite versperrt. „Waterberg" tauften ihn die Wilden, den Berg, an dem das Wasser fließt, weil der Sandstein den Regen wie ein Schwamm aufnimmt, das Wasser nach unten sickert und am Rand der leicht nach Südosten abfallenden Grenzschicht an Quellen wieder austritt.
In diesem kleinen Paradies, einem schwierigen Gelände voller Dornenbüschen, hatten sie sich versteckt, diese Neger, die es nicht zulassen wollten, dass die Weißen ihr kostbares Weideland unter sich aufteilten. Man musste ihnen zeigen,

wer fortan das Sagen haben sollte – das findet auch Franz.

Dennoch ist er froh, dass er im August nicht dabei war, erst im September zur Schutztruppe kam. Sein Freund, der Walter, fängt noch heute an zu zittern, wenn die Kameraden von der Jagd auf die Hereros erzählen, davon, dass diese Wilden nicht sterben wollten, noch mit Kugeln im Leib weiter krochen, sich nicht ergaben, und auch Frauen und Kinder dabei.

„Er hat die Brunnen vergiften lassen", munkelten Kameraden im Suff.
„Hinterhältige Strategie", geht es Franz durch den Kopf, während er seine Wasserflasche an der Quelle füllt.

Franz mag diesen Ort nicht. Aber es wird sich lohnen. Der Hauptmann war auch beim letzten Mal nicht geizig. Doch das macht die Arbeit nicht leichter. Und er ist froh, dass der ihn nicht in die Omaheke geschickt hat. Dort sollen nachts immer noch die Geister der Verdursteten nach Rache schreien.

„Was fängt er nur mit den Knochen an?" fragt sich Franz. „Wer zahlt Geld für Negerschädel?"

Langsam wandert er nun durch den Busch. Da leuchtet es hell im Gestrüpp. Vorsichtig prüft er, ob sich eine Schlange im Gras verbirgt, greift die

Kugel in den Augenhöhlen und hebt sie aus ihrem Versteck. Gut erhalten, vollständig, kein Loch in der Kalotte – ein schönes Stück. Franz will nicht wissen, ob sich die übrigen Knochen noch im Gras befinden. Er will nicht an die Wilden denken. Er soll Schädel finden – keine Toten suchen. Wenige Meter weiter ein neuer Fund. Auch dieser Schädel in bewundernswertem Zustand. Der Hauptmann wird sich freuen. Der nächste hat einen Riss im Stirnteil – nicht zu ausgeprägt, vom Schlag mit dem Gewehrkolben vielleicht? – auch der noch zu gebrauchen. Behutsam verstaut Franz Fundstück um Fundstück in der Kiste, hat bald schon die gewünschte Zahl zusammen, packt den Schatz auf das Maultier. Noch vor Anbruch der Dunkelheit kann er zurück sein im Camp, seinem Hauptmann die Kostbarkeiten übergeben und seinen Münzsack füllen. Die Mutter im fernen Thüringen wird sich freuen, wenn ihr Großer ihr sein Erspartes übergibt.

Auch in der Nähe von Swakopmund ist ein Rekrut an der Arbeit, draußen in den Dünen, bei den Hütten der Gefangenen. Er macht sich abseits an einem kleinen Hügel zu schaffen: kein Spaß, das Wühlen in den stinkenden Knochen. Hastig greift er sich die von den Körpern gehackten Köpfe, an denen noch Fleisch und schwarze Locken kleben. Die Frauen im Lager werden sie später mit Glasscherben sauber kratzen. Er lässt sie in die Kiste fallen, sortiert nicht nach groß oder klein. Nur schnell die nötige Anzahl einsammeln, egal ob heil oder beschädigt. Nach diesen Toten wird nie jemand suchen. Und niemand wird es interessieren, ob sie erschlagen, ertränkt oder gehängt wurden.

„Die Wissenschaft in der Heimat zahlt gut für die Forschungsobjekte", hat er gehört. „Und", denkt dieser Soldat, „sind die Neger doch noch zu was nütze."

3.

„Hier nun sehen Sie einige ganz besondere Schätze. Wir haben ca. 1370 Exemplare, Anfang des Jahrhunderts aus der ganzen Welt zusammengetragen. Leider wurde die Sammlung in den Weltkriegen wiederholt beschädigt. Deshalb lässt sich heute der Ursprung der einzelnen Exponate nicht mehr sicher benennen. So wissen wir auch nicht, was aus der berühmten Schädelsammlung des Gabriel von Max aus Mannheim geworden ist, die 1935 hierher überstellt wurde."

Der Doktor, der im Jahr 1975 die kleine Gruppe von Studenten durch die historische Alexander-Ecker-Sammlung in Freiburg führt, macht eine Pause, streicht sich nachdenklich über die schon ausgedehnte Stirn, fährt dann fort. „Das Interesse der Wissenschaft galt der Klärung der Frage, ob man einen Zusammenhang zwischen Schädel-

und Gesichtsform einerseits und Charakter und Geistesgaben andererseits finden kann."

Friederike, die junge Biologie-Studentin mit den auffallend lockigen, kastanienbraunen Haaren kann ein Gähnen kaum unterdrücken. Sie langweilt sich bei diesem Vortrag zur Bedeutung der Phrenologie, der Schädelforschung.
„Da hat er wirklich eine tolle Sammlung: lauter Einzelteile von menschlichen Körpern, sorgfältig hinter Glas verwahrt, seit bald hundert Jahren zur Schau gestellt."

„Auf Initiative der Brüder Combe" fährt der Führer fort „wurde 1820 in Schottland die erste ‚Phrenologische Gesellschaft' gegründet. Die Combe's vertraten die Meinung, man könne aufgrund von wissenschaftlich begründbaren Theorien die Talente und Fähigkeiten eines Kindes bereits ab dem sechsten Lebensjahr anhand seiner Schädelformen bestimmen, quasi sein späteres Verhalten, seine Zukunft vorhersagen. Und der ältere der Brüder wandte die Theorie auch auf die Beurteilung von Straftätern und Insassen psychiatrischer Anstalten an."

„So ein Unsinn", denkt Friederike und nimmt ihre Aktentasche unter den Arm. „Warum muss ich mir diesen Quatsch anhören? Sieht selber aus wie ein Verbrecher bei Hitchcock, mit seinem Quadratschädel, den wulstigen Knochendächern über den Augen und den Backen wie ein Orang-Utan."

80

Damit verlässt sie die Pflichtveranstaltung der Biologen.

„Bin ich froh, dass ich mich – wenn ich mich dafür entscheide - mit Spinnen oder Hamstern beschäftigen kann, vielleicht auch mit Viren und Bakterien. Sollen sich die Mediziner um die Schädel kümmern."

Am Wochenende erzählt Friederike zu Hause von der Führung durch die Alexander-Ecker-Sammlung.

„Das ist doch die Geschichte, die der berühmte Fischer, Professor der Anatomie und Anthropologe, aufgebaut hat. Oder? Haben Sie Euch etwas dazu erzählt?" fragt der Vater.

„Ne", sagt Friederike. „Hat mich aber auch nicht interessiert. Fand das ganze ziemlich absurd."

„Nun ja, der Fischer hat sich ziemlich weit vorgewagt mit seiner Schädelwissenschaft", fährt der Vater fort. „Schließlich hat er das Lehrbuch *Menschliche Erblichkeitslehre und Rassenhygiene* geschrieben, damals das Standardwerk der Anthropologie weltweit, eine wichtige Grundlage für die Rassenideologie der Nazis. Hat übrigens schon vor 1933 auf einer internationalen Konferenz in Rom *Leitsätze für eine eugenische Bevölkerungspolitik* vorgestellt. Und alle waren begeistert."

„Mag ja sein", darauf Friederike. „Aber wer kommt schon auf die Idee, Schädel in der ganzen Welt zu sammeln, um sie dann akribisch zu vermessen. Und schließlich aus den Messwerten zu schließen, dass einer ein Straftäter werden wird oder wegen seiner Schädelproportionen die Welt beherrschen darf. Da kriegt man doch die Krise! Das lass ich mir nicht erzählen!"

Wütend lässt Friederike den Vater zurück. Sie hat einfach keine Lust, sich mit diesem Kram zu beschäftigen. Es gibt genügend erfreulichere Themen in der Wissenschaft, davon ist sie überzeugt.

Wenig später besucht die frisch gebackene Biologin ihre Verwandten in Südwestafrika.
Der Onkel erzählt: „1904 kam mein Vater als Rekrut der deutschen Schutztruppe ins Land und verliebte sich in die Weite und das Licht und die Nächte und die Tiere und genoss die Einsamkeit und die Freiheit."

Reich sei er geworden, erzählt man sich in der Familie, habe der Mutter ein kleines Vermögen mitgebracht nach seiner Rückkehr, es aber im engen Thüringen nicht mehr lange ausgehalten. Mit einer hübschen jungen Frau sei er wieder zurückgegangen zur Schutztruppe ins Land der Wilden, habe sich später Farmland gekauft und Rinder gezüchtet. Seit er vor wenigen Jahren starb versucht der Sohn die Farm zu halten.

„Aber der Regen bleibt immer öfter aus. Die Rinder finden dann kein Futter und lassen sich nur noch schlecht verkaufen. Und die Schwarzen machen Probleme", sagt der Onkel. „Sie wollen die Herrschaft im Land, immer noch, wie vor 70 Jahren, werden aufgewiegelt von den Kommunisten in Angola. Ich weiß nicht, wie lange wir das hier noch aushalten."

Und auch die Tante nickt sorgenvoll und nimmt ihren Kirri, die Schlagkeule aus hartem schwarzem Holz, die immer griffbereit im Nähkorb liegt, in die Hand.

Auf einer großen Rundfahrt durch das Land erreichen Friederike und ihr Vetter Jan den Waterberg. Auf halber Höhe ermöglicht ein Wanderweg den Blick über die Landschaft. Nach der langen Autofahrt durch die trockene Hitze der Savanne genießen sie das frische Grün und den kühlen Schatten des Bergwaldes. Unterhalb entdecken sie ein paar rote Dächer zwischen den hohen Bäumen.

„Das ist gutes Farmland hier", erklärt Jan seiner Cousine. „Der Waterberg sorgt immer noch für ausreichend Wasser."

Nichts erinnert mehr an das Drama vom 11. August 1904. Kein Weißer in Südwestafrika, der die Geschichte von der verhängnisvollen Schlacht am Waterberg nicht kennt.

„Da haben die Deutschen gründlich gearbeitet", denkt Friederike. „Fast so, wie später mit den Juden." Aber sie behält ihre Gedanken für sich.

Die Schwarzen – weiß Friederike – sehen den Waterberg mit anderen Augen als die Weißen. Vor wenigen Tagen feierten die Hereros – wie jedes Jahr im August - in Okahandja, der „Hauptstadt der Hereros", ein farbenfrohes Erinnerungsfest. Sie feierten ihren Held Samuel Maharero, Streiter für Freiheit und Widerstand im Kampf gegen die weißen Eroberer. Jan und Friederike standen am Straßenrand, als sie singend und tanzend zu seinem Grab zogen, die Frauen in den prächtigen Kleidern des europäischen Kolonialstils.

„Als Hirtenvolk von Norden kommend waren die Hereros die ältesten Siedler im Land und wollten sich den weißen Kolonialherren nicht unterordnen", erzählte die Tante. „Ein Herrenvolk sind sie: stolze Viehzüchter, schlaue Händler", fuhr sie fort. „Aber Neger halt", schloss sie.

„Warum betont sie das?" fragte sich Friederike.

Nun wandert sie nachdenklich über den kleinen Friedhof, der einsam und verlassen am Fuß des Berges liegt. Einige der Grabsteine hängen schief in ihrem Fundament, andere stehen stolz und aufrecht. Nicht alle Inschriften kann man entziffern. Doch immer wieder lesen sich Jan und Friederike die Zahlen laut vor.

„Zwanzig Jahre war der erst", sagt Jan. Und Friederike denkt: „Blutjunge Männer, gefallen in der Wildnis am Waterberg."

„Für was?" geht es ihr noch lange durch den Kopf. „Was hatten die Kolonialherren hier, im Land der Hereros, zu suchen?"

Dann: „Onkel Franz hat es die Farm gebracht, ein Leben in schier grenzenloser Weite in Afrika!"

Und plötzlich: „Wo sind eigentlich die Gräber der Hereros?"

4.

Friederike kann heute nicht mehr sagen, wann diese Leidenschaft entstand. Schon lange arbeitet sie am anthropologischen Institut in Freiburg, hat Freude daran, mit modernsten Methoden das Alter von Mumien zu bestimmen, Genmaterial zu vergleichen, biologische Verwandtschaften zu untersuchen.

Wissenschaftlerin ist sie geworden, nüchtern und sachlich ihre Art zu denken.

„Ideologien haben hier nichts zu suchen", ist ihre Devise. „Und Gefühle auch nicht. Schließlich sind meine Probanden schon lange nicht mehr lebendig!"

Eines Tages – im Jahr 2008 - bekommen sie Besuch im Institut. Ein Journalist interessiert sich für die Alexander-Ecker-Sammlung. Er habe gehört, einige der Schädel stammten aus der ehemaligen Kolonie Deutsch-Südwestafrika. Er habe in alten Kolonialberichten gelesen, dass deutsche Forscher dort Material gesammelt hätten.

Friederike kann ihm nicht helfen. „An den Schädeln haben wir bisher nicht gearbeitet, wissen deshalb nicht, aus welchen Quellen sie stammen", sagt sie ihm.

Kurz darauf erhalten sie von höchster Stelle einen gut ausgestatteten Forschungsauftrag.
„Seit wann interessiert sich unsere Regierung für diese Toten?" fragen sich die Wissenschaftler und beginnen mit der Arbeit.

Sie studieren die Beschriftungen der Schädel, die einen Hinweis auf den Fundort geben. Sie dokumentieren Traumata, Pathologien und Anomalien. Dann werden die Exponate mit modernsten Methoden untersucht: Radiokarbon-Datierungen zur Altersbestimmung. Für die Herkunftsanalysen werden kleinste Mengen Knochenmaterial aufbereitet und Strontiumisotope an Zahnwurzelmaterial untersucht.

Bei neunzehn der zum Schluss vierzig untersuchten Schädel ließ sich zweifelsfrei namibische Abstammung nachweisen, mindestens einer stammt aus der Mannheimer Sammlung des Max von Grün, die – so stellte sich heraus – in der Freiburger Alexander-Ecker-Sammlung fortbestand.

5.
„Nun seid ihr also endlich zu Hause", freut sich der schwarze Regierungsbeamte, der im Oktober 2011 im Parlamentsgebäude in Windhoek die kostbare Fracht aus Deutschland in Empfang genommen hat.

„Ob einer meiner Vorfahren dabei ist?" denkt er. Behutsam legt er das erste, das kleinste, in viel Folie gehüllte Paket aus der Kiste auf den Tisch. Beim Auspacken entdeckt er die Beschriftung an der Schläfe, studiert sie sorgfältig.

„Im Lager in Swakopmund kamst du ums Leben? Warst doch noch ein Kind!" überlegt er.
Und: „Die deutschen Forscher haben gut gearbeitet, hat sie ja auch viel Geld gekostet in den vergangenen Jahren, deine Herkunft zweifelsfrei zu bestimmen. Von 100.000 Euro sprachen sie gestern bei der Übergabe. Nicht zu viel, denke ich, wenn man weiß, dass sie fast unser ganzes Volk ausgerottet haben und keine Wiedergutmachung leisten wollen!"

Friederike hat die Delegation nach Namibia begleitet und ist froh, dass diese Mission nun beendet ist.

„Zu Beginn des zwanzigsten Jahrhunderts wurden die Schädel aus der Kolonie Südwestafrika nach Deutschland verschifft", fand sie heraus.

„Eugen Fischer war einer der Forscher, die das Material für ihre anthropologischen Arbeiten in den Kolonien besorgten, um daraus die Überlegenheit der weißen Rasse abzuleiten."

„Ja, das hat uns damals der Doktor bei der Führung durch die Schädelsammlung schon erzählt", fällt es ihr ein.
„Und Vater wusste das mit Fischer wohl auch. Habe ihn aber nie näher dazu befragt."

„Die Stücke, die wir hier heute übergeben haben", weiß sie, „stammen von gefallenen, hingerichteten oder von an Entkräftung in Konzentrationslagern gestorbenen Schwarzen: von Hereros und Namas, die meisten von ihnen Männer, doch vier Schädel stammen von Frauen, ein Schädel von einem Kind."

Friederike lässt noch einmal den ganzen Festakt an sich vorüberziehen. Nun müssen die Namibier überlegen, was in der Heimat mit den menschlichen Resten geschehen soll. Es wird schwierig werden, nicht nur politisch. Aber jetzt ist es eine Entscheidung des eigenen Volkes zur Überwindung der kolonialen Vergangenheit. Sie haben einen wichtigen Schritt geschafft. Und sie hat daran mitgewirkt.

Dann berichtet das deutsche Fernsehen: „Vor zehn Tagen reiste eine besondere Delegation nach Namibia. Sie brachte zwanzig Schädel, die in den Magazinen der Universitäten von Tübingen, Göttingen, Freiburg und Berlin lagerten, zurück ins Land ihrer Herkunft."

„Ja, das waren die Gräber der Hereros: die Schatzkammern der Anthropologen an deutschen Universitäten! Keine Gedenktafeln, keine Namensschilder!" denkt Friederike, als sie die Meldung hört.

„Heute wissen wir, die Anthropologen haben Unrecht begangen, an Lebenden wie an Toten. Sie sahen Menschen als Material und verstießen auch gegen Werte, die zu ihrer Zeit galten", sagt die Sprecherin der Universität im Fernseh-Interview.

„Kann ich mir sicher sein, dass wir nicht gegen Werte unserer Zeit verstoßen mit unseren Forschungen? Dass wir wirklich nicht die Totenruhe stören? Dass wir keine ideologisch verbrämten Schlüsse ziehen, uns nicht mit unserem Forschungsfieber in unethische Gefilde treiben lassen?" fragt sich die Wissenschaftlerin Friederike.
Der Nachrichtensprecher fährt fort, man wisse noch nicht, was weiter mit den Schädeln passiere. Begraben könne man sie nach namibischer Tradition nicht mehr, da die Körper nicht vollständig seien. Man überlege nun, einen Teil von ihnen im Unabhängigkeitsmuseum, das in Wind-

hoek neben der Alten Feste aus der Kolonialzeit gebaut werde, auszustellen.

„Also auch in Namibia auf ewig hinter Glas und kein Grab", stellt Friederike traurig fest.

„Schade, dass ich nie mit Onkel Franz über die Schlacht am Waterberg reden konnte. Ob er ge- wusst hat, dass Herero-Schädel für die deutsche Wissenschaft gesammelt wurden? Ob der Onkel darüber etwas weiß? Oder Vater?"

ACH LOTTE!

Am frühen Abend eines blassblauen Frühlingstages begegne ich ihr das erste Mal. Sie sitzt alleine am Tisch in der hinteren Ecke des geräumigen Speisezimmers. Ich beobachte, wie sie hastig die vorbereiteten Brotwürfel in den Mund schiebt, sie mit dem zahnarmen Kiefer mit der wackeligen Prothese grob zerkleinert, noch im Schlucken das nächste Brotstück greift, dem Gaumen keine Zeit lässt, das Aroma der Speise zu erfassen.

Ob sie fürchtet, dass ihr jemand das ihr Zustehende raubt, ihr nicht erlaubt, sich satt zu essen? Der Teller ist noch nicht leer, als ich ihr die Tabletten reichen will und den kleinen Becher mit den Tropfen, die ihr helfen sollen, in der Nacht zur Ruhe zu kommen.

Sie will die Medikamente noch nicht nehmen, meint wohl, sie seien erst später dran. Mit Wucht schlägt sie mir das Angebotene aus der Hand. Hat sie meine freundlich gemeinten Worte nicht verstanden? Böse blickt sie zu mir auf, drohend die rechte Faust erhoben. Ich habe Mühe, meinen Ärger zu zügeln. Die Tropfen sind verschüttet, die Tabletten durch die Luft geflogen. Natürlich ahnt sie nicht, wie eng meine Zeit heute bemessen ist, wie kostbar die Minuten, die nötig sind zum erneuten Richten der Medizin.

Als ich sie später in ihrem Zimmer aufsuche, liegt sie in ihrem Bett, fest in die Decke eingewickelt. Vorsichtig berühre ich sie an der Schulter. Sie öffnet die Augen, schaut mich an, schlägt wortlos die Decke zurück, setzt sich auf, nimmt mir die Tabletten aus der Hand, schluckt sie mit dem Nass der verdünnten Tropfen.

„Soll ich Ihnen noch beim Umziehen helfen?" meine Frage.

„Geh weg!" die Antwort.

„Lass mich in Ruhe", meine ich noch zu verstehen. Und schon ist sie wieder in ihrem Deckennest verschwunden.

„Morgen", beschließe ich, „werde ich sie nicht mehr beim Essen stören, das verspreche ich!"

Und: „Ich muss wissen, wer sie ist, welch ein Leben hinter ihr liegt."

Das Sozialamt – so erfahre ich - zahlt den Aufenthalt. Seit über einem Jahr wohnt sie in diesem Haus, wo sie alles erhält, was sie zum Leben braucht. Das Zimmer, das sie mit einer Anderen teilt, ist warm, die Wäsche wird gewaschen, drei Mahlzeiten pro Tag plus Zwischenmahlzeit am Morgen und Kaffee am Nachmittag stehen ihr zu. Sie hat viel Zeit, wenige Pflichten, keine Aufgaben. Sie tritt kaum in Erscheinung. Sie sitzt nicht mit den anderen Frauen zusammen, nimmt nicht teil an den Spielrunden, der Backgruppe, den gemeinsamen Spaziergängen oder Ausflügen. Leise huscht sie zu den Mahlzeiten über den Gang zum Speisezimmer, schaut nicht rechts, nicht links, setzt sich auf ihren Platz und widmet sich gierig der Nahrungsaufnahme. Manchmal erzeu- sie ein Schlürfen oder Schmatzen, das ihr den einsamen Platz im Speisezimmer verschaffte. Doch immer ist ihr Erscheinungsbild ohne nen- nenswerte Mängel.

Anfang der dreißiger Jahre geboren wuchs sie in einer großen Familie auf – lese ich in der Akte -, hatte ältere und jüngere Geschwister. Schon früh wurde klar, dass dieses Kind die Eltern lange brauchen würde. Lieb und anhänglich, mit man- gelnder Intelligenz ausgestattet, würde es das Leben kaum selbständig bewältigen können.

„Wie es ihr wohl erging inmitten der Geschwister- schar? Ob sie sie hänselten, schubsten, kniffen? Sie ‚die Blöde' nannten, ‚die Närrin', ‚Idiotin'? Ob ihre Eltern sie schützten vor den Angriffen der Geschwister?" überlege ich.

Sie konnte keine Schule besuchen. Doch der Ver- folgung durch die Nazis als „lebensunwert" ent- kam sie.
„Ob ihre Eltern sie versteckten? Sie versteckten vor den lästernden Nachbarn? Die Schande zu verbergen suchten? Oder wurde sie versteckt damit niemand etwas erfuhr von ihrer Existenz?"

Und weiter erfahre ich, dass sie schon früh ihre Mutter verlor, der Vater eine neue Frau fand, wei- tere Geschwister geboren wurden. Niemand kann heute mehr erzählen, wie es ihr in dieser Familie erging. Spätere Ereignisse lassen vermuten, dass es schwierig war.

Irgendwann fand sich in einer Fabrik ein Arbeitsplatz. Sie brachte einen bescheidenen Lohn nach Hause, konnte beitragen zum Lebensunterhalt. Sie fand Freundinnen, die ihr eine eigene Wohnung besorgten und im Alltag halfen.
„Fortan war sie treu und pünktlich, zuverlässig, nie laut, Tag für Tag an ihrem Platz, vierzig Jahre lang" lese ich in ihrer Akte.

„Als ich sie kennen lernte", so Karin Maiwald, „wohnte sie schon lange in dem Haus gegenüber. Nie fiel sie auf. Sie machte sich in der Frühe auf zur Arbeit und kehrte am späten Nachmittag heim. Hier, in der kleinen Wohnung im Obergeschoss, lebte sie alleine, war sie ihr eigener Herr."
„Ob sie glücklich war?" geht es mir beim Zuhören durch den Kopf.

„Es müssen gute Jahre für sie gewesen sein", sagt Karin.
„Auch einsame?" frage ich mich.

„Niemand kann sagen, ob sie Besuch bekam, ob sich jemand um sie kümmerte", sagt Karin, sich erinnernd.

„Eines Tages bemerkte ich sie, weiß nicht mehr, was mir auffiel. Fortan grüßte ich sie, wenn wir uns begegneten. Und ich vermisste sie, wenn ich sie mehrere Tage lang nicht getroffen hatte.

Was mich so glücklich machte, als sie endlich zum ersten Mal meinen Gruß erwiderte? Ich weiß es nicht. Aber ich freute mich sehr. Und ich hatte längst den Verdacht, dass man sich um sie kümmern sollte.“

Karin Maiwald ist lebhaft, fröhlich.

„Ich bin eine Helferin“, sagt sie. "Kein Tier kann ich leiden sehen, nicht wilde Katze noch Taube oder Spatz. Um jedes Lebewesen muss ich mich kümmern.

Ich habe einen Nymphensittich. Wochenlang lockte ich ihn, ließ nicht locker, bis er sich die Leckerei mit einem gekrächzten ‚Danke‘, das nur ich als ‚Danke‘ verstehe, von meinem Finger pickte. Bis ich sein Vertrauen gewonnen hatte, vergaß ich den Staub unter dem Sofa und das ungespülte Geschirr in der Küche.

‚Komm Ali, hol dir dein Leckerli, sag Danke‘ übten wir den lieben langen Tag.“

„Nur langsam hatte ich mich an die Einsamkeit nach dem Tod meines Mannes gewöhnt“, fährt Karin nach einer Pause fort. „Meine Kinder lebten in anderen Städten. Die Tage waren lang, der Blick auf die Straße bot Abwechslung. Und so entdeckte ich sie, die Frau mit dem huschenden Gang.

Neugierig wie ich bin, hatte ich schon bald her-
ausgefunden, dass sie immer um die gleiche Zeit
das Haus gegenüber betrat. Mein Interesse war
geweckt. Fortan plante ich die Zeiten für die Spa-
ziergänge mit Felix, meinem munteren kleinen
Malteser. Es war leicht, ihren Weg zu kreuzen.
Ich fühlte, dass sich etwas anbahnte, das meinem
Leben einen neuen Sinn geben könnte.
Und dann der Tag, an dem sie erstmals meinen
Gruß erwiderte. Glücklich kehrte ich heim zu Ali,
dem Sittich, nahm tanzend meinen Hund auf den
Arm."

Noch heute erscheint hier ein Leuchten in Karins
Augen. Gerne höre ich der weiteren Erzählung zu.

„Nicht lange danach schien sie verändert. Ihr
Gang wirkte schleppender, die Schultern gebeug-
ter.
Ich sprach sie an: ‚Guten Tag. Ich weiß nicht
einmal ihren Namen, obwohl ich sie fast täglich
treffe.'
Weiter kam ich nicht. Unwirsch ging sie vorbei.
‚Lass mich!' ihre Antwort. Doch ich gab keine Ruhe, suchte ihren Namen an der Haustür.
‚Hallo Frau Maurer! So heißen Sie doch! Oder?',
mein Kontaktversuch am folgenden Tag.
‚Ja', ihre knappe Antwort. Und wieder ging sie
vorbei.
Am dritten Tag konnte ich sie zum Stehenbleiben
bewegen und mein Anliegen vorbringen. Ich wolle
sie gerne zum Kaffee einladen. Ich sei viel allei-

ne und würde mich über Ihren Besuch freuen, sagte ich ihr.

‚Weiß nicht', ihre Antwort.

Aber am folgenden Tag fragt sie: ‚Wann? Morgen?'

Und: ‚Wo?'"

Karin erzählt, sie sei aufgeregt gewesen vor diesem Besuch. Sie kannte die Frau ja nicht, der sie sich so beharrlich in den Weg gestellt hatte und die ihr so kurz angebunden antwortete.

Dennoch deckt sie mit Sorgfalt einen Kaffeetisch für zwei Personen, arrangiert die Blumen und das einfache Gebäck, das sie frisch vom Bäcker besorgte. Pünktlich schellt es an der Tür und ihre erste gemeinsame Stunde nimmt ihren Lauf.

Charlotte Maurer hat eine Blume in der Hand, die sie mit einem knappen „Danke" der Gastgeberin überreicht. Sie nimmt Platz, schaut stumm zu, wie Karin den Kaffee einschenkt, bittet „Milch", fragt: „Für mich?" und beginnt, die süßen Stücke eines nach dem anderen zu vertilgen.

„Es machte mir Spaß zuzuschauen, wie sie so zielstrebig und schweigend den Kuchenteller leerte", erzählt Karin. „Wie selbstverständlich verschwand das Gebäck, bis alles erledigt war. Dann ein zufriedener Seufzer und ‚War gut! Danke'."

Damit erhebt sich die Besucherin, nimmt Karins Hand, nuschelt noch einmal: „War wirklich gut." Und geht.

Karin bleibt nachdenklich zurück. Sie hat erlebt, wie schwierig es ist, sich mit der neuen Bekannten zu unterhalten, wie begrenzt ihr Wortschatz ist, wie schwer sie versteht. Karin vermutet auch, dass Frau Maurer nur selten Gelegenheit hat für Gespräche, fragt sich: „Ob sie einen Hörfehler hat?"

Die Einladung scheint sie genossen zu haben. Und so beginnt diese besondere Freundschaft.

Karin kennt den Grund für die bald folgende Veränderung von Charlotte Maurer noch nicht, weiß ja nicht, wie ihr Alltag aussieht, was sie beschäftigt in der Zeit, in der sie nicht zuhause ist. Karin liest in der Zeitung vom Konkurs der Fabrik in ihrer Stadt. Sie liest von dem ausgehandelten Sozialplan und von den Abfindungen für die älteren Beschäftigten. Für sie gibt es keine Verbindung zwischen dieser Nachricht und der Nachbarin. Sie kann das kommende Leid nicht verhindern.

Eines Tages kommt Frau Maurer wieder zum Kaffee.

„Sie wirkt fröhlich diesmal", erzählt Karin, „beginnt eine Unterhaltung. Als der Kuchen bewältigt ist, lehnt sie sich auf ihrem Stuhl zurück. Zum ersten Mal schaut sie mich an und stammelt: ‚Alles in Ordnung. Viel Geld.'

Ich bin irritiert. ‚Was meinen Sie, Frau Maurer?'

‚Sag Lotte', antwortet sie mir. ‚Viel Geld, keine Arbeit mehr. Nie mehr Arbeit!'

‚Lotte, wo haben sie gearbeitet? Und woher haben sie das Geld?' versuche ich den Sinn zu verstehen.

‚Fabrik kaputt, Arbeit weg, aber viel Geld.'"

Karin versteht.

Man hat Lotte entlassen und ihr eine Abfindung versprochen. Nun wird sie eine für ihre Verhältnisse wohlhabende Arbeitslose sein.

„Ich fand das gefährlich für eine geistig behinderte, minderbegabte allein lebende Frau", fährt Karin in der Erzählung fort. „Viel zu wenig wusste ich von Lottes bisherigem Leben. Schwer war es, ihre Sprache zu verstehen, das Puzzle ihrer Laute zu einem Sinn zu ordnen."

Lottes Tag verändert sich.

Wie immer verlässt sie zur selben Zeit das Haus, nicht mehr wie früher vor sechs, nun erst um sieben Uhr. Wenig später kehrt sie heim, hat – wie Karin erfährt – beim Bäcker zwei Brötchen gekauft, vier sind es am Samstag. Freitags sieht man sie fortan am späten Vormittag, gekleidet in eine Kittelschürze, den Bürgersteig kehren, ärgerlich brummelnd, wenn ihr jemand in den Weg kommt. Lotte hat sich eine neue Aufgabe zugelegt.

„Wer sie wohl bezahlt? Ob es ihr jemand dankt?"
Karins Überlegungen damals.

„Der Vermieter vermutlich nicht, es passt nicht zu seinem Charakter", geht es mir beim Zuhören durch den Kopf.

Eines Tages beobachtet Karin, wie ein altes Auto vor dem Haus hält. Ein rundliches Paar, beide grauhaarig, mit Brille, steigt aus. Die Frau schellt. Wenig später sieht Karin, dass sich Lotte mit den beiden in Richtung Innenstadt bewegt. Sie kehrt alleine zurück. Das Paar folgt später, beladen mit großen Tüten, besteigt das Auto, fährt davon.

„Ich habe nie erfahren, woher Lottes Geschwister von dem Geld auf dem Konto wussten.
Sie erzählt: ‚Kommen Bruder und Schwester, sagen: Geld gehört dir nicht, gehört der Familie. Muss mit ihnen zur Bank. Dann Geld fast alle.'
Ich hörte sehr genau zu, war entsetzt, wusste aber, dass ich nichts machen konnte."

Noch heute kann man Karins Ratlosigkeit von damals spüren.

„An diesem Tag überlegte ich zum ersten Mal, ob man Lotte einen Betreuer zur Seite stellen müsste, jemand, der sie schützen würde vor den Menschen."

Und Karin fährt fort: „Irgendwann im Sommer kann Lotte die Miete nicht mehr bezahlen, erfahren wir später. Kurzerhand räumt der Vermieter ihre Wohnung und quartiert sie im Keller in einer kleinen Anliegerwohnung ein. Kaum Licht dringt durch das vergitterte Fenster in das feuchte Verlies. Mitbewohner im Haus hören Lotte Maurer schimpfen und zetern, sehen, dass sie mit der

Faust droht. Sie kommt nicht an gegen den Mann.

Als großzügig wird er sich später bezeichnen, weil er die trottelige Alte nicht auf die Straße setzte."

„Ob Charlotte sich Ähnliches dachte?" überlege ich beim Zuhören, „ihm insgeheim Recht gab? Sich dankbar zeigen wollte?"

Die Mitbewohner haben die brutale Aktion ihres Vermieters ignoriert. Aber sie merken, dass das Treppenhaus nun immer sauber ist, wenn sie ihren Putzdienst erledigen wollen. Manchmal sind die Stufen am frühen Morgen noch feucht, wenn sich der erste Bewohner auf den Weg zur Arbeit begibt. Spinnen haben keine Chance mehr, ihre Netze in den Nischen des Geländers zu weben, klebrige Abdrücke von süßen Kinderhänden halten sich nie länger als eine Nacht.

Wer mag das Heinzelmännchen sein, das sich so zuverlässig um das Treppenhaus kümmert?

Alle freuen sich und hoffen, dass die Nebenkosten nicht steigen.

Im folgenden Winter bemerkt Karin, dass Lotte schmaler wird. Sie hat ihr nichts erzählt von dem Umzug, auch nicht von dem Job, den sie freiwillig erledigt. Karin kann es nicht beobachten, was Lotte in den frühen Morgenstunden unaufgefordert tut. Auch sieht sie aus der Ferne nicht, dass die Brötchentüte geringer gefüllt ist als früher.

„Du hast abgenommen Lotte, ja. Aber es steht dir", denkt sie.

Eines Tages, als Karin wieder einmal süße Stückchen für das gemeinsame Kaffeetrinken einkauft, bemerkt die Bäckerin: „Sie kennen doch die Frau Maurer, die mit der Sprachstörung."
„Ja sicher. Sie kommt heute zu mir zum Kaffee. Warum fragen Sie?"
„Dann", antwortet die Bäckerin, „nehmen Sie noch ein Stück mehr. Mir scheint, Frau Maurer ist sehr schnell sehr dünn geworden. Ich glaube, die isst nicht mehr genug. Ein Brötchen pro Tag, zwei für das Wochenende und nie Brot. Weiß nicht, ob die den Rest im Supermarkt kauft. Dürfte zu weit sein, zu Fuß."
Nachdenklich trägt Karin ihre Tüte nach Hause. Sie wird Lotte fragen.

„Ich konnte Lotte nicht fragen, was los ist. Zum ersten Mal kommt sie nicht zum vereinbarten Kaffeetrinken.
An der Haustür steht ein anderer Name auf dem alten Maurer-Platz. Ich schelle.
‚Wer ist da bitte?' meldet sich eine unbekannte Stimme.
‚Ich möchte zu Frau Maurer.'
‚Die wohnt hier nicht mehr. Aber ich mache Ihnen auf. Gehen Sie in den Keller, die erste Tür auf der linken Seite und dann gleich rechts.'
Ich drücke die Tür auf und gehe ins Haus.

‚Warum hat Lotte mir nicht erzählt, dass sie die Wohnung gewechselt hat? Und warum steht ihr Name nicht mehr an den Klingeln?' fragte ich mich."

Noch einmal spürt man in der folgenden Erzählung Karins Sorge um die neue Freundin.

Zunehmend beunruhigt steigt Karin die Treppe hinab. Sie muss nach dem Lichtschalter suchen, findet das „Gleich-Rechts hinter der ersten Tür auf der linken Seite." Die Tür ist nicht verschlossen.
Im schummrigen Licht, das durch das schmale Kellerfenster dringt, kann Karin ein Bündel vor einem Bett erkennen. Der Raum ist aufgeräumt, karge Reste einer Mahlzeit auf dem Tisch: ein Becher, ein Teller mit einem Stück gekochter Kartoffel, einem trockenem Brötchenrest. Auf dem Herd ein großer Kochtopf, darüber eine Leine mit gewaschener Wäsche.

Das Bündel bewegt sich, Lotte richtet sich auf.
Mit großen Augen schaut sie Karin an.
„Nicht anfassen! Au!!"
„Was ist los Lotte? Bist du gefallen?"
„Diebe, Einbrecher! Nicht anfassen! Au!!!"
Lotte ist aufgeregt, nicht zu beruhigen.
Noch nie hat sie versucht, Karin zu schlagen.
Der Notarzt lässt sie in die Neurologie bringen, von dort wird sie nach gründlicher Untersuchung

in die Psychiatrie überwiesen. Vor dem Bett hinterlässt das Bündel eine große, mit breiigem Stuhl durchsetzte, übel riechende Pfütze.

„Zog sie damals freiwillig in die Kellerwohnung? Eine Sozialreportage über eine stadtbekannte Person, die viele täglich auf der Straße sehen – doch keiner kennt sie richtig" die Überschrift zu dem Zeitungsartikel, der in ihrer Akte lag.
„Jeden Tag steht sie auf dem Gehweg, kehrt das Pflaster und schaut den vorbeifahrenden Autos zu. Meist schimpfend und vor sich hin brabbelnd. Sie gehört mit ihrer Kittelschürze schon zum Stadtbild. Fast jeder weiß, wer sie ist und wo sie wohnt, doch ihren Namen kennen wohl die wenigsten."
Der erst seit kurzem tätige Betreuer, so las ich, sorgte für die Veröffentlichung.
„Was für ein Mensch mag das sein?" fragte ich mich.

„Jetzt kommt der Herr Hauptmann", sagt mein Kollege, als es heute an der Tür schellt.
Eine raumgreifende, tiefbraun wollige Stimme mit scharfer Bügelfalte betritt den Raum der Verwaltung.
„Guten Morgen die Herrschaften! Ich komme, den Rest zu erledigen. Gibt es hier eine Kaffeekasse? Die unten haben gesagt, ich könne das hier abgeben." höre ich ihn.

Das ist er, der Beschützer. Unmöglich, ihn nicht wahrzunehmen.

„Du wirst mir zuhören", schnarrt jede Zelle seines Körpers.

Er legt einen Umschlag auf dem Tisch.

„Ich habe eben unten alles zusammengesucht, das meiste kann hier bleiben, viel hatte sie ja nicht. Vielleicht kann ja noch jemand was von den Sachen gebrauchen, wenn mal wieder eine ebenso kleine Person hier auftaucht."

Das Schnarren ist aus der Stimme gewichen, sie fühlt sich weicher an.

„Er trauert", fährt es mir durch den Sinn und: „Wie er wohl aussieht?"

Ich drehe mich auf meinem Bürostuhl um.

„Sie sind also Herr Schäfer, der Retter, der Frau Maurer aus dem Kellerloch befreite! Es ist schön, dass ich Sie kennen lerne. Mögen Sie erzählen, wie sie das alles mit Frau Maurer erlebt haben?" frage ich. „Das Schicksal von Frau Maurer hat mich sehr berührt. Und Ihr Engagement auch."

„Darf ich mich setzen?" seine Antwort.

Die Windjacke legt er nicht ab, nimmt sich einen Stuhl, setzt sich.

Dann beginnt er: „Ja, das mit der Lotte!", macht eine längere Pause. „Sie hat uns zusammen gebracht. Hätte nie gedacht, dass mir so was noch einmal passiert."

Warm ist der Ton seiner Stimme nun.
Ob es ihm gut tut, dass ich mich interessiere?

„Eines Tages", erzählt er, „kam die Anfrage, ob ich die Pflegschaft für eine geistig behinderte alte Frau übernehmen könnte. Ich hatte mich für das Ehrenamt als amtlich bestellter Betreuer entschieden, weil ich, Heerespsychologe a.D., nach dem Tod meiner Frau eine Aufgabe suchte. Ich hatte noch freie Kapazitäten. Und so ein Problemfall reizte mich."

Jürgen Schäfer kümmert sich fortan. Und das ist dringend notwendig. Als Erstes besucht er seine neue Klientin in der Klinik.

„Ich musste ja herausfinden, was für eine Person sie ist, mir ein Bild von ihr machen. Schließlich sollte ich ihre Interessen vertreten. Ich hatte sie mir nicht so klein, so schmal vorgestellt, nicht so lebhafte Augen erwartet, die den Eindruck vermittelten, sie sei sehr auf der Hut."
„Lotte begreift nur schwer", fährt Herr Schäfer fort, „was ich, der große fremde Mann mit der klaren Stimme, von ihr will. Sie hat sich erholt in der Klinik: sie hat sich satt essen können, ein paar Kilo zugenommen. Sie riecht angenehm, hat gepflegte Nägel, einen einfachen Kurzhaarschnitt. Sie kann wieder ruhig auf ihrem Stuhl sitzen bleiben und hört zu, wenn man laut und deutlich mit ihr spricht. Dennoch wirkt sie angespannt."

Der fremde Mann fragt, wie es ihr geht. Er fragt sie, ob sie zurück möchte in die Wohnung, wo die Nachbarin sie fand. Er fragt sie, wer ihr helfen könnte, zu Hause, beim Einkaufen, beim Kochen, beim Waschen, beim Putzen.

„Karin vielleicht?" ihre immer gleiche Antwort.

„Ich werde schauen, was wir für Sie tun können. Und Ihre Freundin werde ich bald besuchen."

„Und so", erzählt Herr Schäfer, „lernte ich Karin kennen.

Es überraschte mich nicht, dass ich eine Frau in meinem Alter in einem gemütlichen Durcheinander in einer geschmackvoll eingerichteten Wohnung antraf. Fröhlich sprang das weiße Hundeknäuel an meinem Hosenbein hoch, umkreiste mich neugierig, nachdem sein Frauchen ihn zur Ordnung rief.

Sie habe uns einen Kaffee gekocht. Dann schwatze es sich besser. Sie hoffe, das sei mir recht.

So empfing sie mich. Typisch ist das für Karin, das kann ich Ihnen sagen," erklärt Herr Schäfer. „Sie sorgt immer für eine gute Atmosphäre."

Gemeinsam planen sie die nächsten Schritte.

„Wir waren uns einig, dass Karin sich nicht um alles kümmern würde. Sie sollte weiterhin Kontakt halten, ein Auge auf die Nachbarin haben. Für den Rest fühlte ich mich zuständig und begab mich an die Arbeit."

Als erstes organisiert Jürgen Schäfer für Lotte „Essen auf Rädern", eine warme Mahlzeit täglich, vom Sozialamt bezahlt. Als Betreuer klärt er die Angelegenheiten, mit denen Lotte nun *„bei vorliegender geistiger Behinderung in Form einer leichtgradigen Debilität altersbedingt Probleme bekommen hat"*, so das amtliche Gutachten, das ich in ihrer Akte gelesen hatte.

Und weiter: *„Konkrete Angelegenheiten im Bereich alltagspraktischer, bürokratischer und finanzieller Belange kann die Betroffene nicht für sich selbst besorgen."*

„Auch als amtlich bestellter Betreuer konnte ich das an die Familie verlorene Vermögen nicht mehr zurückholen. Aber was sich der Vermieter da geleistet hatte, das machte mich wütend! Eine hilflose alte geistig behinderte Person so auszunehmen!"

Herr Schäfer erzählt – seine Empörung ist noch heute fühlbar -, wie er den unlauteren Vermieter wegen „Mietwuchers" verklagt, vom Gesundheitsamt feststellen lässt, dass die Wohnung im Keller „unbewohnbar" ist.

„Und fürs Erste organisierten Karin und ich eine gemütliche Couch, einen funktionierenden Fernseher, ein ordentliches Bett, einen Kühlschrank als Grundausstattung für ein lebenswerteres Wohnen. Als Bittsteller für meine Klienten kann ich richtig penetrant werden. Da lasse ich nicht locker."

Fröhlich blitzen seine Augen, es macht ihm wirklich Spaß!

„Ich war froh, dass ich mit Karin die Strategie meines Vorgehens besprechen konnte. Sie kannte Lotte, konnte mir helfen sie zu verstehen. Ab und zu trafen wir uns zu dritt bei Karin, das eine oder andere Mal lud sie uns ein zu einer einfachen warmen Sonntagsmahlzeit."

„Wundert es Sie", fragt er mich, „dass wir uns näher kamen?"

Der Krieg mit dem Vermieter endete nach langen Verhandlungen schließlich mit einem Vergleich, las ich in dem Zeitungsausschnitt in Lottes Akte. Der Vermieter musste einen Teil der viel zu hoch angesetzten Miete zurückzahlen. Schmerzensgeld konnte der Betreuer nicht erwirken. Es sei nicht nachweisbar, befand das Gericht, dass die Klientin gesundheitliche Schäden erlitt im feuchten, kalten Keller, sich nicht ausreichend ernähren konnte, da Miete und Heizkosten viel zu hoch für das schmale Budget der Rentnerin waren.
Das erstrittene Geld reichte zur Begleichung der ausstehenden Heizkostenrechnung. Doch es folgte die fristlose Kündigung der Wohnung durch den Vermieter, der keinen Mietersatz bereitstellen muss. Die über siebzig jährige Charlotte Maurer ist nun – nach Ansicht der Behörden - alt genug für den Umzug in ein Heim. Auch diese Kosten

wird das Sozialamt übernehmen, die Organisation ihres Alltags nun einfacher werden.

„Ich wusste, dass dieser Schritt schmerzhaft für sie sein würde. Sie wollte ihre gewohnte Umgebung nicht verlieren. Doch es gab keine andere Lösung.
Ich hätte gerne einen Platz für Lotte gefunden", fährt der Betreuer fort, „an dem sie noch eine kleine sinnvolle Aufgabe gehabt hätte. Aber für die entsprechenden Wohnplätze war sie zu alt. Es blieb nur das Altenheim. Und so kam sie hierher, zu Ihnen, ins Grüne, mit der schönen Aussicht auf die hügelige Landschaft. Doch Lotte hat lebenslang an einer viel befahrenen Straße gelebt, war nicht glücklich in der Natur."

Herr Schäfer blickt nachdenklich auf seine Hände.

„Ich hätte gerne eine bessere Lösung gefunden. Und leider konnte sich ja auch bei Ihnen niemand so intensiv mit Lotte beschäftigen, dass sich eine Aufgabe hätten finden lassen."

Warm klingt seine Stimme nun, nichts mehr zu spüren von der militärischen Vergangenheit.
Und ich merke beim Zuhören, dass es mich traurig macht, dass wir viel zu wenig Zeit haben für die wünschenswerte individuelle Betreuung der Bewohner.

„Ja, aber Lotte ist schuld, dass ich nun wieder jemand habe, dem ich morgens den Kaffee kochen kann", fährt Herr Schäfer schließlich fort, schaut mich nun freudig an.

„Dabei sind wir, Karin und ich, so verschieden wie Wasser und Fels. Können Sie sich vorstellen, wie viele Federn ein Sittich über Nacht verliert? Und wie man sich ärgern kann über die weißen Hundehaare auf der dunklen Hose, die man sich immer wieder im Lieblingssessel fängt?

Ich hätte mir früher nicht vorstellen können, dass beides einmal zu meinem Leben gehören würde, es lebendig macht. Denn auch Ärger mit dem Partner gehört zum wirklichen Alltag, nicht nur Friede und Freude. Und Karin und ich können streiten! Sie ahnen ja nicht, wie befreiend das für mich ist!"

Und nach einer weiteren Pause: „So beginne ich nun meinen Tag mit dem Einfangen von Sittichflaum, während sich meine Frau – noch im Bett - auf den duftenden Kaffee freut und ich dankbar bin für die Gesellschaft beim Frühstück."

Und er schließt seine Erzählung: „Und das verdanken wir Lotte!"

Vor zwei Tagen hat Charlotte Maurer diese Welt verlassen, in den letzten Wochen beim Abschied begleitet von Karin Maiwald und Jürgen Schäfer.

„… Lottes letzter Wunsch sei es gewesen", steht heute in der Tageszeitung" „in ihren Heimatort zurückzukehren. Herr Schäfer bittet daher um

Spenden, um den Transport der Urne und die Formalitäten bezahlen zu können."

Warm ist es heute, strahlendblau der Himmel.
„Das hätte sie gemocht", denke ich, „in der Sonne sitzen, das Gesicht dem Licht zugewandt. Und wenn es jemand gewagt hätte, ihr Schatten zu spenden, die Wärme zu nehmen, hätte sie ihre Hand erhoben, heftig mit der Faust gestikuliert, dazu laut in ihrer unverständlichen Sprache ihrem Ärger Luft gemacht. Sie hätte wohl gewusst, dass der Protest nichts nützt, so, wie sie es immer wieder in ihrem Leben erfuhr, hätte sich dennoch nicht lautlos gefügt.
Sie wird heimkehren in ihren geliebten Heimatort. Da bin ich sicher.
Ihr Betreuer wird das schaffen!"

HIMMELSBROT
Oder: " ... denn Strafe muss sein" – eine christliche Kriminalgeschichte aus der Universitätsstadt Mannheim

Sein Magen knurrt. Er hat Kopfschmerzen, ihm ist übel. Seine Hände zittern.

Seit zwei Stunden sitzt er nun in der Bibliothek, kann keinen Satz konzentriert zu Ende lesen. Unüberhörbar das dauernde Magengrollen! Er friert, obwohl draußen herrlich warme Frühlingssonne scheint. Er weiß: bald wird der Schwindel einsetzen. Er wird nicht umfallen wie ein Zuckerkranker, wird danach wach sein, hellwach, aber wieder einmal für ein paar Stunden null Konzentration!

Er braucht was für seinen Zuckerspiegel, etwas, um weiter arbeiten und denken zu können! Er muss in diesem Semester fertig werden! Ab dem nächsten sind – weil Regelstudienzeit überschritten - Studiengebühren fällig. Und die gibt das BAföG nicht mehr her.

Seit Tagen ist sein Budget verbraucht. Gestern hat ihm Andi ein paar Euro geliehen, vorgestern hatte ihn Tina eingeladen. Einmal am Tag etwas zu essen müsste ihm reichen. Aber heute wird er wohl keinen Gönner mehr finden. Und sein Magen knurrt. Nur einen Tee zum Frühstück, Brot und

Müsli alle, Kekse und Schokolade schon lange nicht mehr im Vorrat. Wie soll er da noch arbeiten?

Er hat die Räume der Alma Mater verlassen, schlendert über den Schlosshof, weiter zum Paradeplatz. Hier lassen Kinder am Brunnen das Wasser spritzen. Tauben schwirren um die steinernen Köpfe. Unter der Markise des Eiscafes genießen Gäste ein erstes Eis im Freien.

„Und mir genügten zwei Euro für die Portion Pommes, die mich heute über Wasser halten könnte. Oder fünfundsechzig Cent für eine Brezel, die es mir ermöglichte, zwei weitere Stunden zu arbeiten!"

Mit kräftigem Knurren antwortet sein Magen.
Und wieder spürt er das Zittern, den kalten Schweiß.
„Wie machen das bloß die Moslems im Ramadan? Die dürfen doch auch den Tag über nicht essen und arbeiten trotzdem. Nicht mein Problem!" schließt er dieses Thema für sich ab.
Er schlendert weiter, weicht einer Straßenbahn aus, die ihn mit wildem Gebimmel von den Gleisen verjagt, macht einen großen Bogen um die Brezelbuden.
„Alles hinter Glas geschützt. Unmöglich, hier Kohlehydrate zu entwenden!" denkt er im Weitergehen.

Sein Weg führt ihn über die Planken in die Breite Straße, vorbei an Schmuck und Kleidern, am Tchibo, am Hussel. Schokolade, Kekse, Bonbons liegen verlockend auf dem Ständer. Er schaut angestrengt in die andere Richtung, zum Brunnen und den bunten Verkaufsständen.

Vielleicht kann er auf dem Markt eine Apfelkostprobe finden, ein Stück frisches Landbrot mit Pesto, vielleicht ein zweites mit einem anderen Belag versuchen, den Feinschmecker spielen, der sich nicht entscheiden kann, nach einem weiteren Teststück „Ich komme später auf Sie zurück" murmelnd.
Käsewürfelchen, mit bunten Fähnchen dekoriert, finden sich auf der Theke des Milchbauern.
Das Gelände ist groß genug, schlendernd hin und zurück das schlimmste Blutzuckertief zu vertreiben. Er versucht es nicht zum ersten Mal.

Er wird die Straßenbahn-Haltstelle umrunden, am Lidl vorbei und von Norden her den Markt in Angriff nehmen. Die Haltstelle ist voller Menschen in ausgebeulten Jogginghosen, schief gelaufenen Schuhen, mit fettigen Haaren, die die Sonderangebote des Discounters in prallen Tüten nach Hause schleppen.
Hier kniet wie so oft die junge Bettlerin, die Arme mit den weit geöffneten Händen auf dem Boden, wie zum Gebet leise vor sich hin murmelnd, eine schäbige Schale, eine Pappe: „Helft meinen Kindern!"

„Soll sich Arbeit suchen, nicht hier rumliegen! Ist doch noch viel zu kalt am Boden", denkt er verärgert.

Und: „Holt sich noch was."

Und – wütend nun - : „Wahrscheinlich so'n Bettelweib aus Rumänien!" kickt er eine leere Coladose über den Platz.

Längst hat er den Markt erreicht, ist gedankenverloren an den ersten Ständen vorbei geschlendert, stellt fest: „Heute keine Kostproben! Mist auch!"

„Kann ich den mal probieren?" versucht er es nun auf direktem Weg und deutet auf einen dicken roten Apfel.

„Wenn Sie kaufen wollen gerne. Aber wir schneiden heute nichts ab von der teuren Ware aus Übersee."

„Wie soll ich wissen, dass Ihr Obst gut ist, wenn ich nicht kosten darf?"

„Das ist Ihr Risiko. Wenn Sie Stammkunde wären bei uns, würden Sie uns vertrauen."

Das sind neue Töne hier. Er fühlt sich als Schmarotzer enttarnt, ist schon wieder wütend.

Er ein Schmarotzer! Geschuftet hat er in jeder freien Minute! Als Lagerarbeiter, in den Semesterferien Nachtschichten im Großmarkt, an den Wochenenden im Altenheim Windeln gewechselt, ist als Fahrradkurier durch den Berufsverkehr ge-

rast und hat Eiliges von einem Ende der Stadt zum anderen transportiert – schneller als jedes Taxi.
Er ein Schmarotzer!
Da liegt diese Frau auf dem Boden, bettelt die Leute an, macht auf Mitleid mit ihren Kindern!

„Weiß doch jeder, dass Betteln in unserem reichen Land nicht nötig ist, wenn man legal hier lebt", denkt er.

„Ich lebe legal hier! Ich habe mein Studium finanziert, mich um alles gekümmert. Meine Eltern waren fleißig, haben mich zur Schule geschickt, auf Luxus verzichtet, sich nie beklagt. Ich sollte es besser haben! Und jetzt habe ich Hunger! Ich brauche was zu essen, damit ich meine Masterarbeit fertig schreiben kann. Noch drei Tage, dann kommt das BAföG. Dann kann ich Andi und Flo und Tina das Geliehene zurückgeben.
Ich will meine Freunde nicht anpumpen. Ich will abends ein Bier mit ihnen trinken können, will nicht mehr jedes Wochenende arbeiten müssen!
Ich will fertig werden mit dem Master, so schnell wie möglich!
Mein Magen knurrt! Mein Hirn ist leer!
Ich brauche Zucker!"
„Ich brauche Zucker!" hat er gerade in seinem Zorn gedacht!
„Klar! Zucker!" denkt er nun.

Und: „Da drüben gibt es Zucker! Einen ganzen Laden voll! Zucker im Überfluss! Unbewacht! Vor der Tür! Im Vorbeigehen!"

Er denkt nicht mehr nach.
Es zieht ihn: zurück, um die Haltestelle herum, vorbei am Lidl, an den Menschen, die auf die Straßenbahn warten, vorbei an der Frau mit der Pappe.
Er zieht sich die Kapuze über den Kopf, bis tief ins Gesicht.
Er erreicht den Hussel, erreicht den Ständer.
Er nimmt die erste Tüte, die zweite, die dritte, stopft sie in die rechte Jackentasche, in die linke, die nächste ins Sweatshirt, noch eine ins Sweatshirt, schnappt sich zwei Pakete Schokolade, eine Packung Schaumeier, eine Tüte Waffelgebäck.

Er schlendert zu der am Boden kauernden Bettlerin, legt ihr die Schokolade, die Schaumeier, das Waffelgebäck auf die ausgebreiteten Arme und steigt ohne Eile in die gerade noch wartende Straßenbahn, die dann die Haltestelle in Richtung Kurpfalzbrücke verlässt.
Seine Knie zittern. Niemand hat ihn aufgehalten.
Er streift die Kapuze vom Kopf. An der nächsten Haltestelle steigt er unbehelligt aus.

Wenig später speist er auf einer Bank in der Sonne im Schlosspark genüsslich Rumtrüffel aus einer Zellophantüte.

„Vier Stunden sollte ich jetzt durchhalten", denkt er. „Dann sind es nur noch zwei Tage bis zum BAföG! Und vielleicht schaffe ich ja heute auch noch ne Stunde mehr!"

Eine Woche später betritt unser Student die Bäckerei-Filiale auf den Planken in der Nähe des Wasserturms.

„Zehn belegte Brötchen bitte."
„Welchen Belag möchten Sie?"
„Ist egal, aber eher das preiswertere. Und packen Sie sie bitte einzeln ein."
„Das wird ein teurer Spaß!" denkt er. „Aber Strafe muss sein."
Und weiter: „Du hast geklaut! Beichtstuhl oder selbst auferlegte Buße zur Auswahl."
Und schließlich: „Es funktioniert immer noch mit der christlichen Erziehung. Aber von meinem Ave Maria- und Rosenkranz-Beten hat niemand wirklich was."

Sein BAföG war diesmal höher als üblich, endlich die längst fällige Nachzahlung. Der Ärger mit den Ämtern hatte sich gelohnt! Jetzt hat er ein bisschen Spielraum im Budget. Und den wird er genießen, vielleicht auch mal wieder eine Runde für seine Freunde spendieren.
Doch vorher ist die Wiedergutmachung dran. Hätte man ihn erwischt, hätte er auf Mundraub plä-

diert. Nun wird er die Armen auf der Nobelmeile bescheren – jedenfalls ein bisschen.

Die gut gefüllte Bäckertüte in der Hand macht er sich auf den Weg in Richtung Paradeplatz.
„Lass es Dir schmecken" legt er dem Ersten eine Tüte auf den Bettelhut.
Dann kommt das Paar, Mutter mit Kind. Dicht an einander geschmiegt hocken sie neben dem Schuhladen. Tüte zwei und drei.
Die vierte Tüte für den Geiger mit den knotigen Fingern. Nicht einmal die Zeit für ein gemurmeltes „Danke" lässt der Spender ihm.
Vor dem Tabakladen am Postgebäude sitzt wie jeden Tag der Einbeinige mit seinem Hund: Tüte fünf und sechs.
„Der Hund hat bestimmt auch Hunger. Dass Du Dir den leisten kannst!" wird die Brötchentüte begleitet.
An der Haltestelle am Marktplatz kauert auch heute die Frau mit dem „Helft meinen Kindern!"-Schild.
„Hast Du mehr als zwei?" fragt er leise. Tüte sieben und acht landen auf der Pappe. Und Tüte neun. „Die ist für Dich. Aber beeil Dich, dass Deine Kinder das Essen kriegen. Und lass es Dir nicht klauen."

„So, noch eins für mich und dann wieder ans Werk", macht er sich auf den Rückweg zum Schloss. Nun fühlt er sich besser. Er freut sich an der Sonne, findet, sie meine es gut mit ihm, bleibt kurz am Brunnen bei den spielenden Kindern stehen, kickt fröhlich trippelnd eine leere Coladose vor sich her, ruft dem netten blonden Mädchen mit dem fast zu knappen T-Shirt ein „Hallo, schöne Frau!" zu und erreicht so genüsslich kauend den Schlosshof.

Wenig später sitzt der Student wieder in der Bibliothek über den Büchern und arbeitet konzentriert an seiner Masterarbeit zum Thema „Soziale Gerechtigkeit".